"语言是有力量的。"老板总是这么说。

在没来这家书店之前,苏简妮不以为意;现在,她深信不疑——语言是有力量的。

杨柳缨子 著

言叶

浙江工商大學出版社
ZHEJIANG GONGSHANG UNIVERSITY PRESS

图书在版编目(CIP)数据

言叶 / 杨柳缨子著. —杭州:浙江工商大学出版社,
2018.10

ISBN 978-7-5178-2948-5

Ⅰ. ①言… Ⅱ. ①杨… Ⅲ. ①长篇小说—中国—当代
Ⅳ. ①I247.5

中国版本图书馆 CIP 数据核字(2018)第 205673 号

言　叶

杨柳缨子　著

责任编辑	王　英
封面设计	叶泽雯
责任印制	包建辉
出版发行	浙江工商大学出版社
	(杭州市教工路198号　邮政编码310012)
	(E-mail:zjgsupress@163.com)
	(网址:http://www.zjgsupress.com)
	电话:0571-88904980,88831806(传真)
排　　版	杭州朝曦图文设计有限公司
印　　刷	杭州恒力通印务有限公司
开　　本	880mm×1230mm　1/32
印　　张	8.5
字　　数	183千
版 印 次	2018年10月第1版　2018年10月第1次印刷
书　　号	ISBN 978-7-5178-2948-5
定　　价	36.00元

目 录
CONTENTS

楔　子

明朝正德年间，杭州城内有一书坊。

老坊主家的陌璃名唤陌璃，好读书，自小在书坊这等文雅有灵气的宝地成长。十二岁时在父亲的书坊里充当写书的小生，每日在一本簿册中记录些眼见耳闻的奇闻逸事，久而久之，簿册竟已有些许厚度。

此册无题无名，唯有墨字记录的诡谲幻怪之事。

一日夜中，窗外月色正浓，窗内烛光摇曳。有风飒然而至，将陌璃手边那本无名簿吹得呼啦作响，只见纸页上娟秀的小楷快速闪过。

风止，陌璃睁眼，手边的簿子上分明没有一字一句。落地，是一位眉目如画的年轻男子，陌璃的面上显出诧异惊恐之色。

"一双十指玉纤纤，不是风流物不拈。"男子的声音回荡在书坊之中。堪堪拂过她玉手上的墨痕，那墨痕转眼间便顺着男人的指尖钻入了他的身体里。

男人还给陌璃一双干净纤柔的手。

陌璃惊慌阖眼，再次睁眼，男子不知去向，手边无名簿上的墨字又恢复原状，恍然如梦，不知真假。跌坐在椅中，抚上心口，心跳鼓动成雷。

男子再次出现时，陌璃询问他的名与姓。男子回答没有，遂请陌璃给他一个名字。

自此，无论陌璃身处何地，手中都会抱着那本无名簿。唯有她唤男子的名字，他才会从簿子中现身。书坊里，陪伴陌璃度过数年时光的人是个对于外界来说根本不存在的男子。
仿佛时常被人遗忘的孩子总是在需要之时被想起。

在一个桂花香飘满城的时节，凭媒说合，挑选良辰吉日，陌璃嫁给丝绸大户家的二老爷做填房。

过门成亲，陌璃从小姐变为夫人，那本无名簿依然留在夫人的身边，只是书中的男子再未出现。二老爷见不得夫人手里总抱着本书册，遂时常训责："身为女子，旁门左道的书看多了，心思也就重了。"

软硬兼施皆不得效果，二老爷遂私下命人烧了夫人珍视的簿子。夫人及时发现，抢夺簿子时，却无意碰翻了火盆。

就这样，新娘过门还未满一月，一场大火便烧毁了夫人的房间。

有的下人说夫人被这场大火烧得尸骨全无，而有的则传言夫人从火场里逃了出来，不知去向。夫人的贴身丫鬟在断壁残垣外找到了夫人以命相护的无名簿子，然而翻开来看又万分不解——为何夫人要拼死保护一本空无一字的"天书"？

21世纪的杭州，在某条幽静曲折的巷子里，一户宅子的小黑门上钉着写有"言叶"二字的店名牌。房屋简约的风格与古朴僻静的街衢令偶然途经的游客产生一种时空交织的错觉，他们不解："这么偏的位置，哪里有什么生意？"

这家书店不是靠着卖书维持的。它承载着店主的秘密，替他守护着，从以前一直到现在。

第一章

初识

1

苏简妮穿梭在曲里拐弯的巷弄里，走了不少回头路，等她找到麻雀巷时已经是下午五点半了。

"123号，123号……不对，这是121号……"苏简妮沿着巷子朝前走着，寻找一家叫作"言叶"的书店，找到121号后，无论如何都找不到123号了，于是低头再次确认报纸上的店名和地址：

言叶

曲荷坊麻雀巷123号

暮色沉沉，无奈之下她拨通了报纸上的号码。手机里很快传来电子语音一般的声音："你好，我们已经下班，请……"听见有应答声，苏简妮像是抓着救命稻草一样，匆忙问："我……我是来这里应聘工作的，我……好像迷路了。"

"请问你在哪里？"电子语音问道。

原来不是自动回复？她喜出望外。

"我已经找到121号了。"

"请稍等。"

"谢谢。"

苏简妮松了一口气，握着手机靠在身后的老榕树上，忽然感到一阵异样——蝴蝶？自己的肩头不知何时落了一只翅膀黑黄相间的蝴蝶。一只，两只，三只，乌黑的墨色和亮闪闪的金色，从她身后飞出。苏简妮转过身朝着蝴蝶飞出的方向看去，一幢三层小楼突然出现，牌子上用篆体写着：言叶。右下角标注了"123号"的字样。

悬挂在门上的铃铛发出"叮当叮当"的脆响，苏简妮推开门，淡淡的熏香混杂着书本发霉的味道弥漫其中。她抬头看了看，头顶上方靠近门的吊灯是暖黄色的；再低头瞅了瞅，深红色的地毯厚重得仿佛踩上去就能陷进去；目光投向前方，许是打烊了，挂着水晶吊饰的顶灯并没有打开，取而代之的是小宫灯，倘若细看，便可以发现灯笼里不是蜡烛，而是灯泡。暖黄色的灯光笼罩了白色的墙面，一个男人正安静地蜷缩在灯光下的蛋形吊椅里看书。苏简妮环视四周，房间里的布局糅合了哥特的神秘和中式的典雅，形成了一种特殊的和谐，这倒与她浓厚夸张的妆容有些许相配之处，仿佛眼前那个衣着朴素的男人才是误闯进来的角色。

恍恍惚惚带着一种不确定，苏简妮慢慢地往里面走去。

"你好，我是来应聘的。"她小心翼翼地开口，生怕搅扰了这安静而诡异的气氛。

男人从眼镜上面的空隙朝来访者望了望，眉头不经意间皱了起来——这姑娘浓厚夸张的妆容令他难以辨识应聘者的真实容貌，还有她耳朵上堪比项圈的银耳环，简直夸张……手里的书并没有合上，他礼貌地伸手示意道："你好。"

"你好，我叫苏简妮。"同店主握手之后，苏简妮站在原地不禁打量起他来。她看不出他的年纪，只觉得他不老，但也不年轻；穿着一件没有任何花纹的灰色T恤，头发打理得干净利落，戴着一副眼镜，显得稳重深沉；脸上的胡子茬虽有些明显，但足以和他的年龄相配。

"王杏。"男人自我介绍，再次伸手示意苏简妮落座，对着里边的房间轻唤了一声："天竺,麻烦备些茶来。"之后又对她说："顺便见见你的搭档。"

"搭档? 请问……啊……"苏简妮有些语无伦次,"我的搭档……所以请问我是被录用了吗?"

此时,从暗处出现一个十一二岁的小姑娘,手里端着托盘。

童、童工?! 苏简妮感到诧异。

小姑娘有着一双大而圆的杏仁眼,皮肤白得有些吓人,明显不像正常人的皮肤,倒像是涂了厚厚的白粉,脸上还有一些隐约凸出的线痕,即使是在房间里,她也戴着一顶帽子。

老板合起手中的书本,不紧不慢地接过小姑娘递来的白瓷茶盏,淡淡道:"看样子是的,我这里的工作少,所以给出的报酬也少,招了好久都招不到人。"

"可是……您还什么都没问我?"

"那……象征性地问几个也行。"老板一副勉为其难的神色,清清嗓子,问道:"你之前从事过跟图书有关的职业吗?"

"没有,但是我愿意学——""习"字还未说出口,她的话就被截住了。

"好,下一个问题,"男人打断她的话,"那么你之前换过工作吗?"

"换过,大学毕业三年来换过五六次。"

"换过这么多次呐……"老板的脸上闪过一丝难以察觉的惊讶,很快,他恢复礼貌的微笑,伸手指了指旁边的小姑娘,"这是你的搭档,她不能说话,交流起来还麻烦,你耐心等等。"

如果"说话"能够传达信息,并且这些话语信息能使对方理解,那么"不能说话"意味着天竺是个哑巴。她放下托盘,拿出一本书大小的平板电脑,手指灵活地在屏幕上敲了几下,电子语音传出来:"你好,我叫天竺,很高兴认识你。"

"你……你好,我叫苏简妮,很高兴认识你。"

真像跟机器人对话。

简单地介绍之后,天竺便转身走上二楼的房间。苏简妮听到关门声之后,才问老板:"请问你为什么不教她手语?"

老板端起白瓷茶杯,将浮于水面的嫩叶吹开,抬眼盯着苏简妮:"那么久的时间掌握一门语言对她来说足够了。"

柜台上的铜葫芦里焚着檀香,幽幽的甜味让苏简妮的神经松弛了不少,初次见面的紧张感很快就消失了。

"你的工作任务很简单,协助天竺,她会教你具体怎么做。有人来买书,你结账。书缺了,你联系出版社进货,就这么简单。上午九点上班,下午五点下班,其余时间自由,没有加班。"老板的话几乎是一气呵成,随后他的目光不经意地落在苏简妮那油润猩红的嘴唇上,眉头微拢起来,想了想又补充道:"来这里上班不需要化这么浓艳的妆,当然,不化妆最好。"

素颜?那不等同于没穿衣服?苏简妮心想。

实在想不到还有什么要说的,王杳便把话语的主动权交给了新来的店员:"还有问题吗?"

"有。"苏简妮举手。从天竺来到她面前的那一刻起,她的目光便不自觉地被那个面色惨白的姑娘牵引:"'天竺'不是她的真名吧?"

"为什么不是呢?"老板倒是没打算隐瞒什么,坦率地交代,"我是从一个书画家那里收养她的,那位书画家又说是一个天竺僧送给他的,所以叫她天竺。"

苏简妮哑然,张了张嘴。这是什么说法?人口拐卖?她觉得自己问了不该问的,所以老板才扯出这么敷衍而荒唐的解释。

2

　　苏简妮站在一楼的中央，慢慢地转着圈变换着视角。短短几天内，她便熟悉了这个颇具古雅之风的书店的内部结构：书店共有三层，一楼最大，最简单也是最繁杂的一层，四周墙壁是整齐划一的浑厚木质书架，上面镶嵌着一排排图书，每隔几层都有一个类目标签，除此之外，黑橡木书架有间隔地被排满，上面摆满了语言类图书。二楼大致可以分成两个部分，靠近外侧楼梯的空间较大，老板专门在二楼辟出了一半的区域作为书吧，提供阅览和咖啡茶点——虽然那里几乎没什么顾客。再往里的区域就是所谓的"办公区"了——闲杂人等不可入内——用来储藏王杳从国外带回来的绝版语言学图书。从第三层起就很凌乱了，房间大小不一，整一层的构造像一个迷宫，这层是住人的,老板和天竺的房间都在这一层。还有顶上紧锁的阁楼,几乎不能算作独立的一层,因为那是这家老板私搭乱建的产物。

至于这里的老板,王杳,他的主业是在一所大学里教授语言学课程,副业是经营这家书店。是家,也是书店。

苏简妮被书店里幽沉的阴暗色调弄得有些压抑。虽然宽敞,但满眼望去尽是沉甸甸的暗色,相比之下,酒红色的地毯和黄铜色的波斯菊算得上是为数不多的亮色了。她盯着波斯菊向里曲蜷的细长花瓣,听着墙壁上的挂钟发出厚重的报时声,衣袖上不知何时落了一只蝴蝶,黑黄相间的斑纹,一只,两只……

苏简妮转头留意了时间,五点,又是这个时候。

王杳从楼梯上笃悠悠地走下来,没有课的时候他都在,这里是他的家。

"你可以下班了。"他说。

"哦……我不急……反正回去也没什么事情,在哪里都一样。"苏简妮回答。

王杳打量着她的面容,还有沉甸甸的大耳环,皱了一皱眉毛道:"明天别化妆了。"

"抱歉……我忘记了。"苏简妮赶紧掏出纸巾擦拭深红色的口红。

她正好站在一盏烛台灯旁，王杳借着光线留意到她的脸部，藏在那妆容之下依稀可辨的脸令他回想起一位旧人，迎面站着的女孩让他陷入短暂的恍惚。回过神，他继续迈开下楼的步子，说道："跟书本打交道的人，不用那么在意外表。"

苏简妮听着连连点头，这些老生常谈的话好像只有从长辈的口中才能听到。

王杳一副语重心长的口吻道："况且这种什么脂啊膏啊的，尽是些化学品，偏偏你们这些小姑娘喜欢得不得了。"

苏简妮连连点头，眼神却偷瞄着一旁的天竺，她正往铜葫芦里换茉莉熏香，苏简妮注意到她的帽子又换了一种款式。

她的老板也朝天竺看了一眼，之后把身体塞进了蛋形的吊椅里，拿起未看完的书继续阅读。他手中欧洲风格装帧的书立刻吸引了苏简妮的目光，装帧上既有镂空又有浮雕，华丽，却也沉甸甸的。

这人真的是喜欢看书哇……苏简妮暗自感叹。

清香怡人的茉莉花香萦绕在鼻尖，天竺每隔几天就会换上不同味道的香料。隐在熏香缭绕的书架之间,苏简妮搬完今天的最后一叠书。她甩了甩酸麻的胳膊,侧着身子,头抵在木书架上,心底有疑,这些疑问从来这里的那天起就撩动着她的好奇心:王杳的书店虽然不算大,打理得也井井有条,但是这家书店的店员未免太少了些——算上自己不过三个人,而且其中一个店员交流起来还有问题,自己不过是个打杂的,那么其他的工作呢?譬如财务管理、宣传营销和进出货记录?且不说这家书店的气氛奇怪到有些诡异,单单地理位置之偏僻就超出了苏简妮的想象,这里白天最多不会超过三十来人,说是门可罗雀一点也不为过。结账?补货?这里卖的基本是晦涩难懂的语言学类学术书刊,随手抽一本可能都是密密麻麻的英文,有几个愿意买?生意竟惨淡至如此地步,真不知是怎么生存下去的。苏简妮一边琢磨,一边在书架之间穿梭,搜寻着她感兴趣的书目。绕来绕去,嗅觉捕捉到了书本特有的气味,将她的思绪拉了回来,忍不住深深吸了一口,没想到这种旧书的味道令她的心境安定下来,她不禁伸出手指缓缓滑过一排硬而粗糙的书脊,倏尔想起,沉下心来读一本书,这种事离她已经很久远了。

3

苏简妮从书店下班，已经走出了好远。手机一响，不到一分钟的对话，她就被宣判为"前任女友"——毫无征兆地，她就这么被甩了。

踟蹰不前，不想回到空荡荡的房子里，她只想去有人的地方，很多很多人的地方，哪怕这些人她并不认识。

从酒吧里喝得醉醺醺地出来，潮湿的夜风吹散她身上的酒气。雨水将至。苏简妮站在巷口，面前是深幽静谧的巷道，背后是喧嚣热闹的商业街区，一步迈出，好似跨入另一个世界。

"123号……在……哪里……怎么没有123号……"苏简妮扶着墙,一步步迈着虚浮的步伐向巷内摸索。冷冷的一阵风吹过,雨点瞬间落下,她浑身一哆嗦。雨势渐猛,将她原本就迟缓的步伐彻底拉住,她只得驻足在121号的屋檐下,浅浅的屋檐遮不住扑面而来的雨,这雨淋得她透不过气来,于是,在凄风苦雨中,十分钟生生被她过成了一小时。醉意还未消散,脑中又一阵眩晕,她扶墙蹲了下来,顾不上落在头发上的雨点。

"你认错门了。"熟悉的声音传入她的耳朵,头顶上的雨好像也因为那个声音的出现减弱了。

一仰一俯之间——仰头的闻声看去,有人正打着伞挡在头顶;俯身的迎上一张呆滞的脸。苏简妮愣愣盯着老板的脸,双眼眯了起来,嘴角不自觉地大大咧开,拉到嘴角,笑着笑着,嘴部抽动了一下,兀自大哭起来。

当时王杳收留她的动机,不是她涕泗横流惨兮兮的哭相,而是她那藏在夸张的眼妆之下、憋着眼泪的雾蒙蒙的双眼,越看越像他所识的旧人。

"怎么醉成这样了?"王杳无奈地叹了一声,"还知道找到这里。"

好好的一副妆容哭花了,苏简妮倔强地边哭边东拉西扯:"老板啊……你的衣服好漂亮哇……"

王杳轻叹一声，女孩子大晚上醉成这样……还有，自己身上这件没有一点花色的毛衣到底哪里好看了……

"我送你回家。"王杳不知道她是清醒的还是醉着的，她说的话尽管牛头不对马嘴，可还能自己摸索着找到回书店的路。

"回家？呵……"苏简妮傻傻地嗤笑，嘴角一撇，又抽泣起来，嘴里絮絮叨叨，前言不搭后语。她突然抓过王杳的手腕，一张酒气醺醺的脸只管往他眼前凑，还嚷嚷着："我不回去！你也别走！"

王杳低头注意她拉住他的那只手，细长白净，许是太用力，关节与手筋清晰可见。一刹那的记忆闪过他的脑海——她不仅是面容与那人极为相似，连手都一样漂亮。

"拉我起来……"蹲在地上的醉丫头颤颤向王杳伸手，不等他拉住她，她已经麻利揪着他的衣袖挣扎爬起。

"走吧，先进屋。"王杳轻声道。

透过细密的雨丝，苏简妮飘忽的视线好一会儿才落到言叶的门牌上，眼里的景物让她分不清真假："拉我……呕……"

黑色长靴深一脚浅一脚踩碎了雨水，铺平了水洼，鞋跟溅起点点银光，苏简妮醉言醉语，恐怕连她自己都不知道在说些什么。

　　过了许久许久，当苏简妮再次回想起那个诡异的夜晚时，她总认为那时是醉得不省人事，抑或是哭到缺氧，头晕眼花，才会令她觉得那时的景象吊诡。晃一晃脑袋再细细寻思，如果当时自己没有摸回王杳的书店呢？如果当时自己没有鬼迷心窍地和他回去呢？

　　后半夜酒劲终于消退了一些，苏简妮只觉得脑袋昏沉沉的，即便是铜香炉燃着的薰衣草香料都无法使她安神，只觉得双脚冰冷，半睡半醒间总是能听到有什么东西在撞击玻璃；玻璃与玻璃间又产生连带碰撞，发出"当当"的脆响。她确信是什么活体被困在玻璃做成的容器里了，想叫天竺看看发生了什么，一开口空气蹿入喉咙里隐隐作痒，干涩得发不出声音。

　　翻来覆去，好容易眯了一会儿，窸窸窣窣的黑暗中，苏简妮感觉到有一双手将她的头扶了起来，干涩的嘴唇得到了水的滋润。不一会儿，从太阳穴传来一阵冰凉，她双眼虽然阖着，但依然能接收到微弱的光感，如同一股暖流袭遍全身，苏简妮强烈地感受到了来自外界的安全感，同时脑中毫无征兆地浮现了一些奇怪的符号，她顿时明白这些符号和安全感是并生的。

　　恍恍惚惚，似乎在梦境，定神细看，又真实得不得了。借着窗外照进的月光，苏简妮看到天竺摘下了帽子，从她的脑后伸出的一双长长的触角试探着缓慢向前，直到触碰到自己的额角,散发着光芒的触角把她的头发也染上隐隐的白光。

"妈呀——"

这一声尖叫不仅惊了苏简妮自己,也惊了天竺,她旋即抽离触角。紧接着,那些奇怪的符号从苏简妮的脑中消失了,刚才来自外界的平静和安全感也了无踪迹,自身的惊吓与恐惧驱使她撞开面前的黑影,踉踉跄跄,夺门而出。天竺被她出其不意地一撞,半个身子扑在了床铺上。慌乱中,苏简妮顺着扶梯飞下来,朝着记忆中店门的位置跑去,但是她忘记了自己是在三楼,黑暗的走廊中发出一点微黄的灯光,影影绰绰。有光的地方就有安全感,顾不得思考,她一头冲了进去,紧紧靠着门,额头上竟然蒙了一层薄薄的汗珠。

面朝房内,她环视四周,倒吸一口气,狭小逼仄的空间填满了一排排同天花板齐高的木架子,上面摆满了玻璃瓶,透明的瓶子里散发出明明灭灭的荧光。其中的一瓶似乎有强烈的反应,"叮叮当当"地撞着旁边的瓶子直响,想必是刚才睡梦中听到的声响了。瓶子里面的光愈加明亮,它似乎霎时被什么牵引,呼啸着向她砸来。

"啊——"躲闪不及,苏简妮闭上眼睛又是一声尖叫,世界黑了下来,紧接着脑中一阵眩晕,好像有什么尖锐的东西硬生生挤穿了皮肤,钻了进去。撞碎的玻璃瓶子碎片像打在脸上的耳刮子,她下意识地伸手护住脸。

　　狂风暴雨般的响动过后,耳边没有一星半点的声响,苏简妮这才睁开了眼睛。手一动,触碰到了尖锐、冷冰冰的东西。她低头,刚才恨不得砸在她脸上的玻璃瓶撞在耳边的位置,满地玻璃屑,里面那一团荧光不知去向。她用手掌撑着额头,晃晃脑袋,喝断片产生的幻觉为什么如此真实?

　　翻过手背,上面居然真的有玻璃碎片划伤的小口子。

4

醉酒后的第二天,太阳已经偏西,向远处望,大红大紫里交错着金丝。空荡荡的房子里,苏简妮望着堆砌在角落里的大大小小的纸箱子出神,这些箱子将同她一起搬往另外一个地方。昨晚虽然喝醉了,但发生的事仍历历在目,令她耿耿于怀,那些超自然的现象可能只是酒精造成的幻觉,抑或是醉酒后做的一场梦。倘若当真去问,老板大概会说她得了癔症。老板是怪人,员工也是怪人,但也因此,苏简妮对这两个人的兴趣愈加强烈,她甚至将老板无意间所说的"天竺是天竺僧送的"的玩笑话真当了一回事,为此还去查了"天竺僧"的含义,那是旧时对传教士的称呼。

"信他有鬼了……"苏简妮先行到达书店,甩着手臂一脸不满地咕哝着闯进后院,恨不得把那双细胳膊甩掉。院里有个秋千,她用衣袖掸了掸,一个反身坐了上去。手里提前准备好纸和笔,她想凭借记忆画出那晚天竺在她脑中留下的稀奇古怪的图形符号。但仅仅画了几笔,便不耐烦地涂掉。明显那些符号不是二维的,若想要完全呈现出,需要构建立体三维的空间,苏简妮又试着在白纸上画了个立方体,这些符号分布在这个范围的不同位置,然而凭借记忆再现的符号形状根本毫无规律可循。

院子里有一棵诡异的梨花树,分明到了入秋时节,它依然绽放,纯白色的花瓣挂满枝头。苏简妮将那双引以为傲的玉手高举过头顶,眯起双眼,目光聚在那几道已经结疤的细伤口上,她连忙把手背翻了过去,手心朝着自己的脸,不想看到那些弯曲的疤痕,更不想回忆起醉酒后的糗事。她用纤细的手指逆着阳光比出一个方框,本想把秋日里的阳光都框进来,却意外地把老板的身影也框了进来。

化妆包不知被打包在了哪个行李箱里,不见了踪影,苏简妮便素颜先来到这里。褪去了夸张浓厚的妆容,王杳终于看到了苏简妮的真实容貌——和他记忆中的那个人一模一样。

"陌璃?"王杳脱口而出,怔怔地看着她。

"好吧……我素颜……你第一次见。"苏简妮没有留意他的嘴唇在动,她尴尬地挠了挠鼻尖。

　　王杳用一个暖洋洋的微笑化解了她的尴尬,也让自己的情绪有所缓冲,他说:"刚才搬家公司来过了,应该是把你的大部分行李运来了。"

　　"谢谢,我一会儿去搬。"

　　"无妨,"他问,"我以为那是你的房子。"

　　"我的? 你开玩笑吧。"苏简妮扯出一个笑容,透露着不屑的神情,"那是我前男友的,他经常不在这个城市,所以就让我住了。现在我被甩了,自然住不成了。"她从口袋里拿出一块口香糖,边拆包装纸边说:"怎么样,这个回答满意吗?"

　　王杳自然地抽掉苏简妮手中的口香糖,把纸也一并拿了过来,说道:"别嚼口香糖,不是什么好习惯。"

　　"是——老板——"苏简妮懒洋洋地答应,恨不得把每个字都拖长了音。

　　说话间,她把一只手顺着另一只手的手指缓缓地往下抹,一直抹到手心里。那双纤长白皙的手缓缓推揉着王杳的记忆——一样的手,一样的面容,却有说不出的不一样。王杳琢磨着出了神,他意识到了这种"不一样"并不是因为这个姑娘有什么令他怦然心动的独特之处,反而是一种不怎么愉快的"不一样",思来想去,他想到了一个词可以暂时形容这种"不一样":绣花枕头。

苏简妮再度开口,将他的思绪拉了回来:"没什么,反正两个人都是玩玩而已,既然分了就各自安好吧。"她耸了耸肩冷笑了一声,仿佛在说别人的过往。

佯装的一笑而过被王杳一眼就识破,如果她真的不在乎,又怎么会在那个雨夜喝得酩酊大醉? 而他,也更不会在那个雨夜被她泪蒙蒙的眼睛所吸引。

"收拾完之后你去找天竺,她会带你去你的房间,你也住在三楼吧。"王杳说。

"谢、谢谢老板。"苏简妮感激到舌头打结,话都说不利索。

王杳点头,刚迈开步子朝屋里走去,又转过身来交代:"还有呐,从这里坐地铁到我教书的学校很方便,如果你愿意,可以去听我的课。"

脑袋空空确实不是什么值得骄傲的事……

回学校上课? 苏简妮已经有诸多不知如何选择的选择,王杳的邀请无异于又增添了一个更没什么用的选择。

苏简妮至今也想不明白为何自己选择了最不可能的选项——旁听生。

第二章

障目

1

"我们是如何学会用语言来交流的？我们为什么能学会一种甚至多种语言？这是今天我们讨论的主题。"

王杏清朗的声音回荡在教室中，此时，他正在给研究生上课。苏简妮从后门溜了进来，躲在最后一排。令她没料到的是教室里只有不到十个人，再怎么蹑手蹑脚都显得很突兀。

"来跟大家坐到一起吧，参与我们的讨论。"王杏站在教室前方，大方真诚地邀请苏简妮参与到他与学生们的讨论中。

虽然人数不多，可被这么多双眼睛齐刷刷地盯着，苏简妮还是会觉得尴尬和羞赧。她红着脸摸了进来,怯生生地坐在王杳的学生之中,以参与者的身份加入话题讨论。

一个男生先开口:"王老师,关于您说的语言习得,以布隆菲尔德为代表的行为主义派认为语言习得是刺激和反应的过程,对此他还提出了传递公式……"一连串的专业术语让苏简妮对王杳的这些学生心生敬畏,同时也画出了一条明晰的界线——她跟王杳的学生不是一个圈子的,更不是一个知识层次的。她把目光投向了王杳,听见他解释道:"说得很好,有一派学者认为获得语言的过程是不断地刺激强化,就是你说到的行为主义,这就是为什么需要反复地背诵单词了。还有一派学者将语言看作一种机制,这个流派的学者认为语言的能力是与生俱来的,当我们来到这个世界上时就已经带着一套设置好的'程序',这个'程序'就是先天的语言知识,不同的语言环境将启动这个'程序',好比一颗种子,遇到合适的阳光和水就开始发芽生长。"

苏简妮不知不觉听得入神,相较之下,王杳的解释就显得简单明了多了。的确,真正的高手能将复杂的问题以通俗易懂的方式解释清楚。苏简妮的注意力已经不在这场知识的讨论之中,她不禁细细端详起眼前这个儒雅清俊的男人——既是她老板,某种程度而言,又是她的老师。老板一定对艺术方面有所研究吧?他一身浅色系的休闲服,非但没有削弱他身高的优势,反而将他挺拔的身姿以一种低调的方式呈现出来。她听他神态庄重地讲学,能够感受到他拥有作为一名教师的基本特征——自信、谦虚、有亲和力。

能在"书店老板"和"大学教授"两个角色之间转换得游刃有余，一定不简单。

到了八月底，雨水来得更频繁了。近些日子来店的书客，一天连二十人都不到。五点钟，挂钟"当当"响起，每响一下，就会有几只蝴蝶穿过玻璃板飞出来。苏简妮正准备把木梯移到另一排书架前时，门上的铃铛清脆作响，进来一位中年男人，还有两三只黑黄色蝴蝶绕着他飞舞。这个点一般不会有人来，所以她狠狠吃了一惊。

中年男人扫视着书架上的书，约莫半小时，便离开了，什么也没有买。天竺正准备给香炉里换上艾草，她一手抱着一鼎小香炉，回头朝那个男人的背影看了一眼。苏简妮迎面走来，她瞧见天竺正盯着那个人看。

"怎么了？天竺。"苏简妮问。

_丝丝缕缕_的香烟正从小香炉中徐徐吐出，天竺用指尖在语音器的屏幕上敲点着，发音器一字一顿清晰地传达出她的意思："他的嘴，要烂掉了。"

苏简妮以为自己听错了。那种机器的声音向来有种说不出的诡异，刚才那句话更让她心头一阵发毛。

苏简妮出去买了些新鲜的水果,进屋时,王杏正窝坐在一楼的"专座"里,翻着一大沓文献,丁零的风铃和窜进来的凉风打断了他的注意力,他看到苏简妮迎面进来,便友好地点点头。苏简妮只与他的目光有短短一瞬的接触,之后便迅速移开了——虽然她收拾掉了耍酒疯造成的残局,但收拾不掉闯祸后的心虚和理亏。抱着水果走向二楼末端的餐厅。"说吧。"她如是思忖着,诚实乃做人之本,再者,她不想对这个人格魅力指数爆表的雇主说谎。

时间稍晚,王杏已经回到了三楼的房间。敲开王杏的房门时,苏简妮产生了一种穿越时空的错觉。只一眼便看到了窗外的半满的月亮,借着溶溶的月光,她看清他房间里堆满了书,整体色调深浓的很深浓,明艳的很明艳,强烈的色彩反差给她一种眩晕而不真实的感觉——局部的艳丽"丁零当啷"地掺糅在阴暗华丽的色彩之中,造成了一种奇幻的氛围。

"老板,你在做什么?"她斜倚着门框,拢了拢头发,轻咳一声,遮掩显而易见的尴尬。

"冥想。"王杏气定神闲的声音从堆积如山的书堆中传来。

"老板,我想跟你说件事。"苏简妮心虚,找不到老板的准确位置,只能尽量随意地笑着。

"嗯,你运气不错,我差一点就睡觉了。"王杏从那一堆书里坐了起来,戴上眼镜。

"老板,我喝多的那天晚上……貌似摔碎了储物间的一个玻璃瓶……"接下来要说的内容,苏简妮犹豫着不知如何开口,连自己都难以信服,这么扯淡的事,搁在谁身上能信?

王杳神出鬼没地坐在几摞书拼成的"书凳"上,跷起二郎腿,修长的手指交叉在一起,接着她的话往下说:"所以,拿走的东西,想好怎么还了吗?"

苏简妮一听,背脊一寒,原来那天真的不是自己喝断片产生的幻觉,而是真实发生过,并且还闹出了不小的动静。

"我正想来找你说这事来着……"还未解释,她已经有些语无伦次了,愣了一愣,索性双手合十,咬着牙道:"老板,那个瓶子……不是我故意弄破的……它朝我飞过来,我一躲闪,它就自己撞碎在门上了,我不是成心的啊,老板……瓶子里的东西我真没拿,我、我不知道它去哪里了。"她越说越急,声音有些颤抖:"老板,你信我啊。"

王杳把眼睛眯了起来,微微扬了扬下巴,斜睨了她一眼,说:"信,我当然信,不过这东西呢,确实是被你弄坏的……"他边说边站起身,步步朝她逼了过来:"赔——还是得赔的……"

苏简妮一边挤出友好的微笑,一边慢慢后退着,直到背部紧贴到书架上一本本书的书脊,再无退路。

王杳忽然伸出一只手臂将她圈在狭窄逼仄的空间里，此时她清楚地感受到了性别差异所带来的体力优势，她用胳膊肘有意无意地将王杳往后抵了抵，给自己留出些可活动的空间。

"我又不逃跑，赔是一定赔，我们可以坐下来慢慢商量。"苏简妮逼迫自己冷静下来，她友好地将手搭在王杳的肩上，试图安抚眼前这个身材高大的男人。

直到看见王杳带着促狭的笑把手撤回来，苏简妮才意识到自己被眼前这个人给戏弄了。

王杳轻轻拍了拍她的脑袋，温柔地鼓励道："你很勇敢。"
"谢谢。"苏简妮长舒一口气，腿还有些发软。

"放心，这是文明社会，不会逼你卖身卖艺，卖器官什么的更不可能。"王杳收手，一个暖暖的笑溢出嘴角，"不如这样，你学习一种语言，这件事就一笔勾销。"

王省——她的老板，在某个程度上来说也算是她的老师。苏简妮愈发加得这个人怪异得不真实。

"好，学哪国的语言？"她干脆利落地问。
"天竺的母语。"他毫不犹豫地答。

苏简妮被王杳的要求弄得一头雾水，她莫名其妙地点点头,沉吟了一会儿,最后问:"那怎样判定我掌握到你要求的程度?"

王杳以高深莫测的目光看着她似懂非懂的神情,半晌过后,意味深长地一笑,幽幽地开口道:"你会察觉到的。"

2

苏简妮第一次与天竺用她的母语交流时,她一度认为是屋子里焚的熏香在作祟,如果不是迷魂香,至少是那种让人产生幻觉的香。直到后来,王杳说这家书店是他祖上传下来的,苏简妮也毫不犹豫地信了,所以在这陈年老屋里看到什么匪夷所思的现象也就不足为奇了。

苏简妮在王杳的课上听过,人类的语言是二层性的。简单地说,就是音节组成字,字组成词,词组成句子,所以人类的语言和文字是一种线形的形式,只能一字一字地说,表达的内容也只能按照时间的先后顺序传达。然而,天竺所用的语言则以一种空间的形式存在,她的文字更接近于一种立体图形,恰恰与人类的语言形式相反,那是一种非线性的语言。更令苏简妮惊讶的是,天竺的语言是通过肢体接触的方式来传递信息的,脑电波产生的冲击不仅能知道她所传达的意思,还能直接感觉到她传递信息时的情感和情绪——她们的语言是有感情的语言。不同于人类的语言依靠语调的起伏来表达感情色彩,在天竺的语言中,情感成了组成语言的一个部分,也就是说,接收到了她的语言符号,也就直接感受到了这些话中的情感变化。

天竺不是人类,但她是什么,就连王杳也不知道。

苏简妮打着伞去听王杳开的语言学公选课,她对这位神秘莫测的新雇主产生了愈加浓厚的兴趣。而她的雇主似乎也并没有遏制她好奇心的打算,所以苏简妮从王杳那里得到了一项特权——如果他有课,而她又有兴趣,她被允许翘班上课。毕竟对于一个有着职业操守的教师来说,将有志青年的求知欲扼杀在摇篮里是罪大恶极之举。

"好的,下课。"随着王杳站在讲台上拉下最后一块黑板,学生们鱼贯而出,其中也不乏几个孩子围在王杳身边七嘴八舌地问问题。苏简妮坐在教室的最后一排朝讲台边数了数:女四男二。

老板挺受欢迎的嘛。

待学生三三两两散开后,苏简妮边收拾东西边偷偷观察着王杏整理书本的进度，尽量与他保持一致。很快，大教室里便没有了学生，只剩他们两人。苏简妮把包往身后一甩，走到王杏面前，问："老板，你今天上午是满课?"

手里有一本薄薄的书还没有收拾进包里，王杏便拿它敲了敲她的脑袋："在学校你要叫我'老师'。"

"哦……是……老师。"苏简妮护着脑袋，撇撇嘴。

"我还有课，你先回书店帮天竺。"

"好的，那我先回去了。"苏简妮像领到命令的小兵，乖乖听令。

"拿着这个。"王杏叫住她，丢给她一串车钥匙，"开我的车回去吧，下雨了。"

"谢、谢谢老师。"如同得到大将赏识与厚爱的小兵，苏简妮受宠若惊地道谢。

"还有，工资打给你了。"王杏已经转过身向前走去，随意地挥了挥手。

业界良心啊！发工资发得这么勤快！望着王杏离开教室的背影，苏简妮迫不及待地掏出手机查了查工资金额，那数字令她直接跪在了地上——老板是不是手抖多打了个零?

回到了书店,苏简妮急于见到天竺,不仅是因为接触一门全新的语言形式及惊人的习得速度给予她充分的动力,更是因为她们要进行女孩儿之间的"秘密活动"——涂指甲油。王杏将三楼的一间房腾出来暂时让她入住,迷宫一样的房间布局使她每次不得不绕许多回头路才能找到天竺的房间。

推开一间房门,不是天竺的房间,拐个弯再推开一间,依然不是。

见鬼了……从外面看这个房子就巴掌大,怎么进到里面跟迷宫似的?

"天竺——"苏简妮站在走廊里唤了一声。

"嘎吱"响起一声拉门声,苏简妮循着声音快步走了过去,一路冲天竺笑嚷:"我发誓! 你的房间位置每次都不一样!"

如果说王杏房间里的景象带给她的是稀奇的话,那么天竺的房间可以算得上是奇观了——如同植物种类丰富的热带雨林,里面种满了奇花异草,异香扑鼻,还掺杂着鲜润的湿气,恍若仙境。

书店的牌子被翻成"closed"那一面时,斜阳已经能把人影拉得老长了,白墙黑瓦上裹着金灿灿、影沉沉的一片。屋内,一楼挂钟的报时声并着从楼梯处传来的凌乱脚步声齐发,产生了短暂的喧闹。

"Janie，下楼梯别蹦蹦跳跳的。"王杳的声音从楼下传来。

"不是我！"苏简妮的声音对冲而来，明显比王杳的声音还要高几度。

"咚咚"的声音非但没有停止，反而越发地清晰，像是什么人在楼梯不停地往前蹦跶。王杳遂起身前去一看究竟，却被天竺流星赶月似的撞个满怀，她蹦跳着跑下楼，伸出手臂环住王杳的脖颈，紧紧地搂了搂，触角接触到他的太阳穴。王杳立刻感受到了她的欢欣与快乐，他用手臂托起天竺，抱起一个十一二岁的小姑娘对他来说绰绰有余。天竺在他怀里翘起尖尖的手指，指甲油还没有干透，她迫不及待地伸出手在王杳的鼻子前绕来绕去。

苏简妮也跟着走了下来，不同于天竺，她是款款走下来的，抬高了眉毛，得意地一笑，对王杳说："怎么样？我把小姑娘哄开心了。"然而，在她看到王杳的一瞬间却又怔住了，瞠目结舌，说不出下文来——她的老板正以一种诡异的动态样貌呈现在她的眼前，他的身体时而透明时而布满了毛笔写成的墨字。

"老板……你……"

"怎么了？"当王杳转过身来同她对视时，一切又恢复了原状。

"没、没什么……"一片短暂的空白之后，苏简妮连忙改口想要糊弄过去。她突然想起了什么，紧接着开口道："有的有的！老板，发我的工资你要不要再确认一下？好像多发了。"

"没有错，这是你应得的。"

若不是老板痴傻，就是天上掉馅饼。

"老板啊！我苏简妮今后一定对您忠心耿耿！"苏简妮感动地泪流满面，恨不得抱住王杳的大腿。

"雇佣兵呐?"王杳笑道。他把天竺放了下来，回到原来的位置继续拿起一本书。

"对，谁给的好处多我就跟谁。"苏简妮也毫不掩饰自己的功利，瞄了一眼老板手上的书。他看完了上一本书，她想着，因为现在的书面成了浅蓝色的布面装帧。

藏书家难免会对精装的书本有更特殊的偏爱，她几乎没见过王杳阅读简易的平装书。

这个人真的嗜书啊……

"所以……老板你刚才在做什么?"苏简妮问。

"看论文。"王杏略略抬眼。

"现在呢?"

"看书。"王杏的目光又落到了手里的书上。

苏简妮的嘴角抽搐两下,讪讪地笑道:"没什么区别嘛。"

"谁说的? 我阅读的是两种不同的文体。"语毕,王杏努了努嘴,示意收银台上摆放着的一个平板电脑,他说:"你用那个,这里面装着建模软件,你可以试着同天竺交流。"

为了让她学习天竺的语言,老板也是煞费苦心,连这么高科技的玩意儿都用上了。苏简妮乖乖接受,毕竟是欠了老板的,既然答应了的,就该尽全力去履行诺言。

如此一来,苏简妮和天竺之间的交流终于不再是单向的了,苏简妮也可以用天竺语言的"一半"形式同她交流。

接下来的时间里,麻烦和问题也随之而来。如果用大竺的语言进行交流,过程不仅慢而且相当烦琐,这个语言过程甚至不能称作交流,只能叫作"传递与接收信息"。苏简妮在王杏给她的电脑里已经找到了大量的日常词汇语料,这是他平日里做研究收集到的散碎部分,他将它们储存起来建成语料库。有了这些前期准备,苏简妮首先需要记住这些短符号和汉语中对应的意思,再用这个建模软件拆分或重组这些符号,好比拆零件,这些或长或短的符号既可能是一个音节,也可能是一个语素,极个别的情况甚至是词,不同的符号拼接到一起形成连续的波浪,组成一句话;如果是数句话组成的语篇,就形成了横纵交错分布的立体空间。

接触天竺的语言超过两个月了。

一天晚上,苏简妮伏在床上,侧过脸隔着玻璃窗望去,她习惯第一眼先望向月亮,而今晚的月亮影影绰绰,隔开那几点疏星,她凝视着深青色的夜空,愈加觉得恐惧,那深青色像极了无底洞,仿佛快要将她吸进去,她将头埋在胳膊里蒙着脸。夜晚总是思考和总结的好时候,就包括此时她总结出的一个事实——自己在语言方面应该有极高的天赋,天竺的语言中,那些符号及它们所对应的含义,在短短两个月内,就已经能记住大部分,她的词汇和短语的储存量以惊人的速度在增加。然而随之而来的是一些她无法解释、不敢对任何人提起的现象——白天为数不多的顾客中,她看到了许多非人类的生灵。

3

苏简妮的意识是清醒的，只是身体无论如何也动弹不了，只能任由脱缰的梦境牵引。她先觉得眼前是亭台楼阁，下一眼又是灯火辉煌的古街闹市，紧接着两眼一晃，又是浓云密雾，不知身处何处。她惊慌，恍恍惚惚听见水中涟漪的声响，低头一看，脚下是淹过脚踝的清水，仰头再看时，自己竟被这水声诱到一间有着格窗的房间之中。长桌上除了一个画轴，再无他物，她蹚着水走了过去，小心翼翼地展开来，是一幅未完成的画作。画卷中以青山白雪为背景，正中立着一名穿素白衣裙的女子，深具古典仪态，只是尚未画上五官，脑后低低地梳一个银丝编的髻。诡异的感觉就在这一瞬间传来——画中无脸的女子突然朝她看过来。脚下的水波突然震荡，"扑通"一下，苏简妮顿时陷入水中,沉向漆黑的水底,看不见底的恐惧,张着深渊般的巨口吞噬而来。

——做什么梦不好,偏偏做个沉入水底的梦,真是扰人清静。

翌日清晨淅淅沥沥下着小雨。苏简妮朝落地窗外瞅了瞅,晚秋的雨不怎么讨喜,冷且不说,光看那落下的雨丝,细如针尖,戳在脸上想必都很疼。她把书扣在脸上,一想到她的甩手掌柜正在学校里忙得分身乏术,她就暗自窃喜自己身处温暖安静舒适的书店里,舒畅至极。书香在空气中饱和,她不禁深深吸了吸,再肆意伸个懒腰,然后"咚"的一声从沙发上滚了下去。

闲的人很闲,忙的人很忙。直到傍晚,王杳得闲翻阅一本杂志时,苏简妮才与他碰面。

"昨晚真是糟糕。我梦见一个年轻女孩的脸。"苏简妮从茶叶罐中舀出一小勺茉莉,待水壶烧水的空当提起这件事。

"什么样的一张脸?"王杳表现出了好奇,似乎有意引导她继续回想梦中的情景。

"梦里头看不清,是个古代的女子,是在画卷里瞧见的,没有脸,难画难描。"苏简妮不以为意,只是打算把这个话题作为谈话的开场白,遂一带而过,"不过是睡觉姿势不对。还有啊,我那天听了你的课。"

"嗯?"王杳一边阖上手中的报纸,一边回忆着最近一次上课时学生的座位顺序。

"你的公选课,'神秘的语言'。"见他似乎没有想起来的意思,苏简妮补充了一句,"我坐在最后面的位置。"

"噢,怪不得没有看见你。"王杳又继续翻开了杂志。

苏简妮拈了块方糖,"啷"的一声丢进茶盏中,说:"我坐在后面的位置,可听到不少学生对于你的评价。"她嘴角扬了扬,那笑容仿佛带着一种自豪感:"你挺受学生欢迎的嘛,尤其是小姑娘。"

"小姑娘?"王杳笑了,"你自己还不是个小姑娘,哪来的'倚老卖老'的自信?"

"是,在您这个大叔面前,我确实算个小姑娘了。"苏简妮斜着茶壶往茶盏里加水,被他逗乐了。

茉莉花茶被热水一烫,清香怡人的花香一下子就充盈鼻尖,王杳不禁侧过脸,盯着苏简妮沏茶的动作看了片刻,得出两个结论:第一,眼前的这位雇员对"喝茶"二字的理解仅限于"倒、泡、喝"简单的三步,并成功地将其理解为"解渴";第二,虽然她斟茶时的举止与"优雅"一词毫无关联,但态度还是毕恭毕敬的,且不说这恭敬的对象是源远流长的茶道还是长幼有序的辈分,起码看出了恭谨虔诚。王杳的目光在不知不觉中凝到苏简妮认真的面庞上,某种柔软的夹带着似曾相识的熟悉感涌上心头。

——灯如红豆,一缕暗香流淌浮动,他曾与她共和诗画,共弹琴瑟。他曾经尊称她为先生,可如今身份却颠倒了——他成了她的老师。

迷离之中,旧景在眼前化作缕缕青烟。王杳收回了投向她的目光,可思绪却还随着记忆飘荡着。脑袋里想什么,说出的话最清楚,只听他脱口而出:"茶不用续了,陌璃。"

"陌璃是谁?"苏简妮略略弯了弯腰,疑惑地问道。

"哦……一位旧识。你们长得有些像,一时间恍惚了而已。"王杳淡淡地回答。

可疑的停顿……苏简妮知道这是王杳第二次错称她为陌璃。

王杳不着痕迹地移开话题道:"所以呢,那些小姑娘没有认真听课,你有吗?"

"有,当然有!……挺有意思的。"其实她说的后半句"挺有意思"的主语是王杳,而不是语言学,毕竟,自己在学术开悟之路上还有很长的路要走。

"你有什么新的理解想分享的?"

"哦,你说有一派语言学家认为语言的获得是因为大脑中存在一个类似于种子一样的东西,对吧?"苏简妮害怕贻笑大方,试探地问道,"用你们的术语来说,其实是一种抽象的语言机制,对吗?"

"没错。"对于苏简妮的求教,王杳显然来了兴趣。

"可是我也查到了一个和它相关的说法。"

"说说看。"王杳随即将精致小巧的茶盏托在手心里,感受着水的热度熨烫着手心,微笑着鼓励眼前勤于思考的"学生"继续说下去。

"语言机制在大脑中被激活之后,并不会一直生长发芽,对吧?"苏简妮的样子拘谨而且笨拙,生怕班门弄斧。

"没错。"

"人学说话是一种本能,但不是在任何时候都能学会一种语言,这个过程会受到年龄的约束,一般在一至十二岁之间。在这段时间里,人的大脑对语音、句子、语法等语言各个方面的敏感程度都达到了巅峰,一旦过了这个时期,对语言的敏感性就会越来越差，完全掌握一门语言就要困难得多。这个时间段对应的大概是人类的青春期，这就是成年人无法在短时间学会一门全新语言的原因。"

"是的，很不错，语言的关键期。"王杳欣然点头。

"那么我呢？"苏简妮攒眉，问道，"我查过一个狼孩的例子。作为一个成年人，我根本不可能在这么短的时间里掌握天竺的语言，所以……"苏简妮略显迟疑，指着自己说："那天瓶子里的东西就是某个人的语言机制对不对？所以我才能在这么短的时间里学会天竺的语言，对吗？"

王杳微微一笑，不紧不慢地说道："没错，如果把它取走了，主体对社会的认知能力会变强，但是语言能力会停滞甚至是倒退。"

苏简妮如梦初醒，当时那团发光物并没有消失不见，而是把她当成了新的宿主。此时窗边那盏仿烛灯的灯泡仿佛如真的烛火一般，闪烁着，跳动着，令她一阵恍惚眩晕。

"你……你到底做的什么买卖？"苏简妮若有所悟地看着他，硬生生把"器官贩卖"这个骇人的字眼堵回肚里，生怕给自己招来杀身之祸。

"语言是有力量的，小姑娘。"王杳的语气很是淡然，像是给足了她充分的时间细细琢磨这句话一样。

"有、有什么力量?"苏简妮没想到老板会突然切换到一个无关紧要的话题上,不由得愣了一瞬,然而这话才说出口,她旋即感到屋子里仿佛一阵阴风吹过。

王杳凑近她的耳边,笑了。

"比如说……你能看到什么?"

4

　　苏简妮从书架后面偷偷寻找着王杳的身影,很快就发现他在蛋壳吊椅上睡着了,睡得很熟,因为她听到了浅浅的鼾声。他身上灰白黑相间的衣服颜色一下抓住了她的目光,令她觉得简约大方之余,也勾起她的猜想:老板之所以想让她接触天竺的语言,无非想让她日后帮他搞搞研究发发论文,想想看,如果真能把这么个神奇的非人物种的语言研究出来,说不定真能名垂青史。人么,有欲望是正常的,但是他拉着自己这个无辜闯入者下水,甚至将自己当作试验品,就太过分了。

　　苏简妮慢慢踱到了熟睡的人面前,沉稳的呼吸表明老板暂时不会醒来,她做了口型,并未发出声音,把心中的疑惑问了个遍:"你是什么身份?你利用我想干什么?你有什么阴谋?你是不是科学怪人?"问着问着,感觉还不赖,于是越发高高抬起下巴,斜着眼睛,一手叉腰一手指着他,趾高气扬地发出了声音:"装神弄鬼,语言就语言呗,还什么有力量,喊——"

"你只看到了表面。"王杳慢慢睁开眼睛,淡淡道。

"哎哟妈呀——"装腔作势的顽皮丫头被惊吓得连连哆嗦。

"话语的背后是这里。"王杳指了指大脑的位置,"这才是我真正感兴趣的地方。"

夜晚,苏简妮躲在自己的房间,她把身体缩在椅子里,终于能以各种虽略失雅观却舒服自由的姿势享受独处的空间。不同于王杳和天竺那两人怪异的房间装饰风格,她的房间是正常房间该有的样子,暖黄的落地灯光暖乎乎地投射在她身上,睡裙松松地耷拉在扶手上。她把笔记本放在大腿上,铅笔在双唇之间像翘板一样一上一下,思量片刻,她在日记本上写道:

为什么我能看见奇异的生灵?为什么我会成为你的试验品?

停笔,苏简妮把腿搭在扶手上,拖鞋荡悠悠地吊在脚趾尖,她目不转睛地盯着"试验品"三个字出神,半晌,又闭上眼,漫不经心地把日记本当作扇子摇一摇。无意识地把玩手中的铅笔,她将两眼虚开一条线,余光瞄准笔记本上的一行字时,不禁产生感慨——真是神奇,这些文字拆开了是一堆零散而毫无意义的符号,可当它们排列在一起的时候,却能传达出无限多的信息和意义。"话语背后才是他感兴趣的地方……"苏简妮若有所思地喃喃道,"语言是表面,藏在它后面的是意识,是思想……"想着想着,她的目光落到了手里的笔杆上,眯着眼睛,她忽然意识到对于"笔"这个物体的表达不仅可以通过相对应的文字符号,也就是这个字的写法和发音来表达,还可以用一系列图像式符号来表示"笔"这一类物体——她很清楚这是天竺的语言。然而对于第二种表达,她无法将这个信息依靠自己的发音器官传递出去。

当一个问题想破脑袋也无法想明白的时候,倒不如把它暂时搁置在一旁。

苏简妮把目光投向了窗外,大半个月亮被冻在夜空中,深蓝的夜色宛若波澜不惊的湖面,还有体型肥硕的锦鲤裹着银白的纱自由地摇曳,云里雾里。

"好肥的锦鲤哇……真贵气……"苏简妮看着月光中闪烁的银鳞,撑着下巴慨叹道。

锦鲤?！锦鲤怎么会在天上游?！

苏简妮连滚带爬地跑到走廊上,她的脚趾头在走廊上踢到了一堆书,她抱脚直跳着:"妈呀——"

即便是在狭窄的走廊上,她也并没有获得相应的安全感——她看到了迷宫阵。三楼的有些房间她可以看得很清楚,这些房间是现实中确实存在的;还有一些房间她看得缥缈模糊,它们高矮不一,有些甚至以反重力的方式上下颠倒对接,这些房间是她没见过的。

天竺听见响动,拉开门闩,奔过来扶起苏简妮。

"鲤、鲤鱼啊……房间啊……"苏简妮语无伦次。她揉了揉眼睛,再次睁开时,悬在半空的锦鲤消失了,诡异的房间也消失了,一切恢复了原状。

"大鱼很乖的。"天竺把触角贴在苏简妮的额角边,一边以她的语言跟苏简妮传递着讯息,一边安抚着她惶恐不安的情绪。

"哈?"苏简妮看着天竺,拧着脸无奈地笑了笑,这不就等于得到了"这不是幻觉"的答案吗?

"怎么了? 出什么事了?"王杳不知何时站在她身后,正在暗处幽幽地问道。

"我看见鲤鱼在窗外游动,还有排列奇怪的房间,可是后来就消失了。"拖鞋掉在了一旁,她焦急地胡乱比画着。

"没有消失,只是你暂时看不见了。"王杳走上前,扶起她。

"你和天竺对我做了什么?"苏简妮推开他的搀扶,往后退了几步。

"不是我们对你做了什么,而是你对自己做了什么。"王杳说。

苏简妮愕然地望着她的老板,一时不知如何开口。

"看来你欠我的,已经还清了。"王杳给了她一个似是而非的回答。

5

简直快要被这两个怪人搞疯了!

苏简妮一气之下开着王杳的车冲到了他们学校的图书馆。求人不如求己,想要搞清楚老板的葫芦里卖的什么药,还得自己想小法查清楚,他想要的,绝不仅仅是语言符号那么简单。

一连几天,苏简妮在图书馆几乎到了废寝忘食的地步,终于在第四天的中午找到了她想要的答案。就在几天前,她还对王杳所说的"语言是有力量的"这一观点嗤之以鼻,此时她不得不重新审视这个观点。苏简妮查到了一种假说:一种语言能够塑造一种思维方式,不同的语言表达决定了认知世界方式的不同。如果这个假设成立,那么就意味着她如果完全掌握另一种语言,理解和习惯了这种思维语言的方式,感受不同的认知方式给脑部的冲击,那么,她眼中的世界、她思考问题的方式会与现在截然不同。

翌日,短暂的午休过后,苏简妮和天竺面对面坐在二楼的休闲区,虽是休闲区,可实际上根本没什么顾客。苏简妮双肘支在玻璃圆桌上,嘴里衔着外带奶茶的吸管,眼睛斜瞄着对面的天竺,即使天竺戴着帽子,她也能模糊地看到她脑袋后面的触角。天竺的容貌长得有些特别,苏简妮第一次见她就觉得如此,瘆人的白皮肤,金黄色的眼珠,殷红的唇色,看得时间长了也就习惯了,甚至还觉得越看越吸引人,算得上是"第二眼美人"。天竺忽然来了兴致,她把头上的帽子摘下来,扣在苏简妮的头上,摘下来,换个角度再扣上去,又摘下来,一下又一下,乐此不疲。

"你个小丫头。"苏简妮一把按住天竺的手,笑嗔道。

"你也是小丫头。"苏简妮读到了天竺的信息,也感受到了她的顽皮。

苏简妮想向天竺炫耀自己短期内惊人的学习成果,便从电脑里调出语料库,将拆分好的词语按照它们的语法顺序组装起来,问:"你跟着老板多久了? 五年? 十年? 还是更多?"

"忘记了。"

"他是个什么样的人?"

"一个好人。"

"你的家在哪里?"苏简妮问,她将问题集中在了天竺的身上。

"这里。"天竺抓起桌上的梅子,一把塞进嘴里,把腮帮撑得鼓鼓的,眼睛睁得圆溜溜。

对于天竺过于简单的表达方式,苏简妮虽然纳闷,但也不做深究,她思忖着如何把那个疑问以最简单的方式问出来。于是她指了指自己,又指了指天竺,问道:"你看到的世界是什么样的?"

话一说完,苏简妮立刻意识到这个问题对天竺来说可能太抽象、太哲学,但是如果最初的认知方式截然不同,那么这个问题就会有完全不同的切入点。

天竺给她的回答很简洁,她在脑中迅速转译天竺传递给她的语言符号,虽然她还不能完全解读,但是她认得其中的大部分:

"不仅有人类……还有其他生灵,共存。"

下午五点就打烊了，店门顶上挂着的铃铛叮当作响，依然有客人前来。

书店是成网红店了吗？怎么最近总有人喜欢在书店下班后来？

苏简妮打着哈欠，看见王杏正负手与来客交谈，她从背影认出那人是这几日下午常来的男人。王杏同他寒暄了几句，之后那个男人轻车熟路地朝一排排书架走去。

暖黄色的灯光下，苏简妮瞪大眼睛，一眨不眨地盯着那个朝她迎面走来的男人，瞳孔也随之扩大——她正以天竺的思维重新认识眼前的一切，她看到的，正是天竺眼中的世界。

那个男人的嘴角已经开始溃烂了。

苏简妮愕然地盯着那个男人，浑身的肌肉起了一阵细微的战栗，她小心翼翼地侧过头去，看着王杏说出了心里的大胆推测："老板……你其实……就是那个带天竺来的书画家，对不对……"

【10月3日】

为什么我能看见奇异的生灵？为什么我会成为你的试验品？

来到言叶之后，我的脑子时而会乱作一团，尤其是梦醒时分。我倒万分确信这是另一类语言把我折腾成这样，它的入侵使我的思维时不时陷入混乱。我想我现在可以试着用你上课分享过的语言学知识解释自己的疑惑——我为什么会看到那个男人裂开的溃烂的嘴角。对于解决这个问题的开端，绕不开另一个问题，另一个你反复强调过的问题：语言为什么会有力量？

当我再次从睡梦中猛地睁开眼，几缕阳光已经透过窗帘的缝隙照到了我的脸上，我只能伸手挡住眼睛。好一会儿，才回过神来：现在是清晨，我在你的书店里住着。窗外，梨花飘落，阳光明媚，我却又梦见现实中反复出现过的场景——涌动的人潮，他们压迫得我喘不上气来。我看不到他们的面容，却能将他们的经脉看得一清二楚，也能将他们的骨相看得明明白白。他们有的是人类，有的却不是。

我曾以为你是孤独的，天下之大，独你一个异类。但很快我意识到自己错得离谱，芸芸众生，你不过是一切生灵里的其中一个。

【苏简妮】

第二章

伤痕

1

　　王杏特意挑了周六安静的清晨,踩着梯子爬到最上层的书架,为它们掸去灰尘。天竺就站在梯子脚旁边,她的任务是扶稳梯子。轻柔的旋律从音响中缓缓流出,不知道哪个年代的歌曲,悠扬婉转的女声撩得听曲人心痒痒。

　　天涯呀海角,
　　觅呀觅知音。
　　……

　　"踢踢踏踏"一阵响,苏简妮顶着两个重重的黑眼圈,披衣靸鞋地从楼梯上跑下来,她嚷道:"谁把我的闹钟……关了?"话吐出了半段,另半段被王杳踩高跷式的站姿和高度吓了回去。

"别在楼梯上跑来跑去的。"王杳居高临下,以长辈的口吻训诫道。

"你是怎么在那么高的地方保持平衡的?"苏简妮吞了吞口水。一楼的熏香味最浓,她深深吸了一口,无奈地伸手按了按隐隐作痛的太阳穴,一脸疲倦地说:"我昨晚八成又是仰面睡觉了,做了个梦,醒不过来,累得很,倒是该下楼好好闻闻这安神的熏香,再这样下去都影响到我的正常工作了。"

"年轻人不要熬夜。"王杳踩在梯子上,挥动着手里的鸡毛掸子,沉吟片刻反问道:"你梦到什么了?"

被这么一问,苏简妮倒是记不起做了什么梦,只记得梦醒时分,她有一种濒死的感觉,全身没有一丝力气,直往黑暗的深渊跌下去。

"难道你又梦见那个画卷里的姑娘了?"

"喊,我一个女的老梦见人家姑娘做什么?"本想继续反驳,苏简妮看到老板披挂上阵替自己完成了清早开店前该干的活,狐疑道:"老板,是你把我的闹钟关了?"

"大晚上我跑到你房间做什么?"王杳踩在梯子上,扭转过身体朝底下看,腾出食指指了指天竺,努努嘴说,"天竺关的。"

苏简妮的目光略略向下移，狐疑地看了看天竺。

天竺抬起手指了指王杳，表达出"是他指使的"的意思。

苏简妮又气又好笑。想听实话，问天竺总是没错的，毕竟她不是人类，对于学习社会话语中的"言外之意"和"弦外之音"，这个小姑娘还有很长的路要走。

当天竺把触角收回藏在帽兜里时，苏简妮才注意到天竺今天披上了一件深灰色鹅绒的斗篷，上面连着风兜，半褪在头上触角的位置，她端详了一会儿称赞道："真漂亮。"

天竺又指了指老板，意思是，他送的。

苏简妮啧啧称赞："难得碰到一个这么会挑礼物的男人。"

王杳站在梯子上插话道："你也有份，我放在吊椅上了，因为你昨天睡得早。"

"我也有份？"苏简妮诧异，眼睛微微一亮，"店里福利待遇不错哇。"可是转眼一想，王杳给自己的不会也是这么夸张的斗篷吧？除了在这个满屋子每个角落都散发着神秘气息的书店里，在别的地方是根本穿不了。

王杳站在梯子上，隔着一段距离，一眼窥破了苏简妮的心思,简洁地说:"我给你的是一件披肩。"

苏简妮在心里松了口气,幸好不是这件跟古装剧里宫廷贵族一样垂到脚踝的斗篷。

"谢、谢谢老板。"她走过去拿出礼盒里的披肩,倏地一阵恍惚,昨晚梦境的碎片和眼前的实景交织在一起,毫无征兆地涌现在脑海中——张灯结彩的庙会,灯火辉煌的不夜城,人声鼎沸,锣鼓齐鸣,她的背后是绚烂的烟花拖拽出亮晃晃的痕迹,面前是王杏深邃的目光,他亲手将一只簪子戴在她的发髻上。苏简妮挠了挠鼻子,她记不清昨晚还梦见了什么,却记得王杏看她时的目光。她的老板倘若真是个长生不老的大妖怪,度过了漫漫几百年的时光之后,他还有什么冷暖没经历过呢?可是梦境中的他,淡薄的目光竟变得深邃清澈,罕见地流露出深情和认真。眉目成书,好似经历了百年。

只是那梦的最后,苏简妮记得脚下变成了深不见底的黑暗,感觉自己的身上似乎被套上了什么枷锁一般,径直坠入黑暗之中。

苏简妮听从王杏的要求,省去了化妆的步骤,仅仅用了半盏茶的工夫就洗漱完毕了。再下来时,她看见天竺正扶着梯子,眼皮耷拉着,显出难以掩盖的困意。

梯子一晃,王杏差点重心不稳。

"你去休息吧，天竺。这里交给Janie就好。"王杏对天竺说。他并没有责怪天竺的疏忽，只是让苏简妮继续扶稳梯子。

看着天竺上楼休息之后，苏简妮问："天竺怎么大早晨的就困成这样？"

"她每隔一段时间就会进入休眠期，嗜睡是前兆。"

"休眠期？类似于'冬眠'吗？"苏简妮仰头问道。

王杏一脸黑线："这样理解也没错，但天竺不是动物。"

"哦……真抱歉……你说隔一段时间？是隔多久？"

不经意的聊天被今天第一位客人的到来打断了。

苏简妮乖乖收声，给了书客们一个安静的阅读环境。她把梯子攥紧了些，在沉默中斟酌着本打算问的内容。

问什么？该不该问？以什么样的方式问？

老板应该是个神仙吧，再不然就是个妖怪？把一切都收拾妥当，苏简妮忙里偷闲躲靠在里面的书架间，这里渐渐成为她的"秘密基地"。坐在地上，把两只手撑在背后，人也向后仰着，她用指头轻点在地毯上，每想到一个《聊斋志异》中妖魔鬼怪的名字就点一下。想着想着,感觉到发梢扫在了脖子上,就这么仰着头闭起眼睛甩了甩。

睁开眼叹了一声,真是书到用时方恨少。

半空浮着一蓬蓬淡蓝的灰尘,已经过了下午五点,苏简妮打开装着灯泡的灯笼,它们好似是被逐一点亮的。王杳唤她过去时,只有他和一个客人面对面坐着。苏简妮认出了那个气色欠佳的男人,他之前来书店的时候,都只是静静地走在书架之间,不曾与老板交谈。现在,他整个人看上去郁郁的,没什么精神。苏简妮蹙了蹙眉——那个男人的嘴角不仅撕裂了,而且裂口周围的皮肤已经开始溃烂,然而他自己竟丝毫察觉不到。

那个男人笑着对王杳说:"你们这家店的位置虽然隐蔽,不过我偶然来了一次就喜欢上这里了,环境很舒适,真是个'桃花源'。"

男人和王杳先前并不认识,只是他某次误入了这曲里拐弯的巷子迷了路,又鬼迷心窍地推门而入,就迷上了这个地方。

苏简妮的目光不自觉地盯着他的嘴看,实在骇人,以至于她选择性地忽略了这个男人的名字,何志。她听见王杳问他:"何先生最近有没有什么身体上的不适?"

何志摸摸嘴角,说:"你别说还真有,嘴角最近总有些干得要裂开的感觉,可能是换季的原因吧。"

　　苏简妮看到他搓了搓嘴角,把皮肉都搓开了,吓得她神色一惊,心中忽然闪过一个念头:要是没有学天竺的语言就好了,不至于看到这么血腥吓人的场面。她不禁感慨,老板是怎么做到从容淡定地面对这样一张脸说话的?

　　"你最近有没有说过什么不好的话?"王杳盯着何志的眼睛问。

　　何志思量片刻:"没有啊,我没有得罪谁啊?"

　　王杳盯着他的眼睛继续发问:"有没有对谁……不止一次地说过?"

　　"也没有啊?"何志面露难色,实在想不出最近和谁有过言语冲突。

　　王杳跷起二郎腿,仿佛窥破了这人的心中所想,说:"不一定是语言上的冲突。"他把"冲突"两个字咬得很重,让一旁的苏简妮读出了这个词的另一层意义:可能是没有对方回应的"单方冲突"。

　　王杳又端起茶杯向沙发靠背仰去,说:"放心,我不是审问你,你做过什么跟我也没关系,我只是提醒你,如果你察觉不到这个变化的话,嘴巴可能会一直疼下去,甚至……"他眯着眼睛看了何志一眼,幽幽地说:"……更糟。"

2

　　高校进入期末,既是王杳焦头烂额的时候,也是苏简妮得意忘形的时候。这个上午,王杳竟然反常地带着他的"学术家当"挪到了二楼的休闲区,苏简妮一副世外仙人的模样晃悠到他身边,俨然跟眼前的神仙大人调换了角色,她悠闲地问:"老板在做什么啊?"

　　突然间,"嗒嗒"敲击键盘的声音停了下来,王杳的目光从电脑屏幕向上移了几厘米:"批改论文。"自从他雇用了新的雇员,就被迫养成了一个"新习惯"——在看书的时候被她打断,每次都要过上那么一会儿,他才会回到文字的矩阵中。

苏简妮学着王杳的习惯,把双手反剪在背后,在本尊面前大摇大摆地踱了几个来回:"您老的爱好是什么哇?"

"写论文、改论文、发论文,还有批改学生的论文。"王杳的回答干脆利落。

"兴趣爱好不错。"苏简妮窃笑附和,毕恭毕敬地问道,"您老今年贵庚?"

"老夫五百岁有余。"王杳的注意力还在密密麻麻的文字上,敷衍地答了一句。

"哇——您老身为一个活了几百岁的神仙还活得这么与时俱进,真是值得敬佩。"苏简妮竖起大拇指,肃然起敬。

王杳被苏简妮这么一怼,怼出了兴致,但是这种兴致还不足以使他停下手里的活儿,他扬了扬嘴角:"谢谢称赞。"

"老板兼老师兼神仙大人,"苏简妮虔诚地问道,"写论文这种事,不能用法术完成吗? 就像仙侠小说里写的那样,'一尘不染的白衣男子轻挥衣袖,点石成金'之类的。"说完,她还学着电视剧里的情节伸手比画了一下。

王杳挑眉道:"投机取巧还怎么做学术,嗯? 学习必须抱以虔诚之心。"

苏简妮被老板三言两语便堵了回来,碰了一鼻子灰,只得蔫蔫地"哦"了一声。"那……老板,你的原形是什么?"掂量了片刻,苏简妮从"原形毕露"这个成语中找到了既合适又贴切的问法。

"我的真身是一堆文字而已。"他闲闲地回答。

"噢,原来如此。"苏简妮恍然大悟,兀自推理之后得出了一个结论,"怪不得你擅长操控话语和文字。"

屋内不知何时弥漫起淡淡的茉莉香,一定是天竺在香炉里换上了一盘香。

"陌璃是谁?"苏简妮突兀地问了一句,她并没有刨根究底的打算,得不得到回答于她而言也无所谓,当然,如果能听他讲起这段过往自然更好,毕竟她不止一次被王杳称为"陌璃"了。

提到这个名字,"嗒嗒"的键盘声戛然而止。王杳抬眼,略微怔怔地看着苏简妮那张和陌璃一模一样的脸孔,很快恢复常色,说:"我的妻子。"

"五百多年前的?"苏简妮问得小心翼翼,"因为听这个名字……很诗意,很好听。"

"谢谢。"王杳扶了扶眼镜,平静地应了一声。

眼见捋顺了老虎毛，苏简妮继续摸索着问道："她是……"话一出口，又瞬间不知该如何问下去。

"跟你一样。"王杳言简意赅地回答。

苏简妮读出了这句话中的两层意思：一，和你一样，她是个肉体凡胎，活不了几百年；二，见新人思旧人，要不是这张一模一样的脸，我怎么会继续跟你说下去？

苏简妮遗憾地"哦"了一声，用脚趾头猜，也猜得到这是个未得善终的凄美爱情故事，想必老板一定很痛苦，也一定很孤独，这样想着，她连看他的眼神也变得痛心惋惜起来。

苏简妮岔开了话题："老板，你既然是个活了五百多年的大妖怪，为什么不扩展一下其他业务？"她恨不得把来到"言叶"之后积攒下的所有问题一次问个明白。

"因为我只会操控跟言语有关的事物，如果可以，谁愿意只开书店？"王杳耿直地回答。

真令人哭笑不得！把神话传说中的下界妖魔和上界仙家混为一谈的苏简妮，对王杳这个活了几百年的妖怪一直心存敬畏。原以为自己的老板早已跳出了人间的烟火红尘，断尽了七情六欲，其实是自己想多了。在"言叶"这个亦真亦幻的地方，她的老板倒是沾染了一身都市人间的烟火气，沉下去了不少，给她一种莫名的亲近感。

"老板,为什么你不告诉那天那个何先生,他的嘴角溃烂的原因?"苏简妮一脸等着看热闹的神情追问道。

"原因? 我也不知道。"王杏一副清闲的模样回答道。

她的老板说话总是喜欢说一半,吊着她的胃口,剩下一半需要她去揣测。也就是这种时候,她总能隐隐感觉自己的推理神经,被某种不可知的力量激活了。

"你是知道却故意不说,还是真的不知道?"她的头脑因为他的话瞬间变得活跃起来:这件事谜团重重。

"如果我知道,那请说一个我不告诉他的理由?"

苏简妮语塞,她的老板是个善辩的好手,面不改色轻而易举就把她杀得片甲不留。

"你难道不好奇原因?"苏简妮不甘心。

"不好奇。"王杏挑了挑眉,事不关己地补充说,"还真不好奇。"

"喊——"苏简妮意兴阑珊地耷了耷肩,又振作起来凑过去,"你不好奇我好奇。那我可自己查了啊?"她间接地向王杏提出"查案申请"。

　　王杳终于停下手中的活儿,饶有兴致地看了看她:"如果非要说原因的话,小姑娘,话语是有力量的,书面语也好,口头语也好。"

　　苏简妮撇撇嘴,不喜欢他把这个问题上升到抽象的、晦涩难懂的哲学高度,就好像是理解佛学中八万四千法门皆可成佛的概念,说了等同于没说。

　　"我给你举个例子,你想不想听?"王杳敛了敛神色,煞有其事地准备继续说下去,苏简妮连忙把身体往前凑了凑,屏息凝神,只听他说:"先帮我拿杯水。"

　　"你……我还以为你要说什么呢。"她泄气,乖乖起身拿了一杯水递给他,悻悻道:"然后呢?"

　　王杳接过水杯,耸耸肩,淡然道:"我只说了一句话就喝到水了。"他仰头将水一饮而尽,露出充满友好的微笑,还不忘优雅地说声"谢谢"。

　　"你……"苏简妮哑口无言。

　　那个男人自从发现了这片"世外桃源"之后,便时常来这里找王杳聊天,不迟不早,每日的下午五点准时前来。也许是他已经到了事业有成的年龄,才会无所事事。有时这男人来的时候，正逢王杳在学校里忙，苏简妮便趁着看茶的空隙同他聊上几句，仅仅是几句而已，因为那男人嘴上的溃烂触目惊心，嘴角甚至都裂开了，不忍直视。后来她终于想到了一个人物形象，可以略微具体地形容那可怕的模样：邪恶小丑。

苏简妮还记得，何志在出事前最后一次来言叶的情景。

王杳同何志像前几日那样闲谈几句，他们面对面坐着，何志脸上的表情因为某种缘由带来的痛感而变得不自然。他疼痛的缘由，此刻在这间屋子里，除了他自己不知道，其他的三位都看得一清二楚。

王杳对苏简妮说："Janie，你去储物间找一个黑色的锦盒。"

苏简妮寒了一下——王杳专门用一个房间储存他搜罗来的千奇百怪的东西，只要是跟语言有关的，他都收集。在房间里找到了一个狭窄的黑色锦盒，她打开偷偷窥了一眼，居然是一个口罩！上面绣着一只不断变化位置的黑黄相间的蝴蝶。

王杳伸手示意她把盒子递给何志，并嘱咐他："在我的店里没有挑选到什么书，也不能空手而归，这个你拿去吧，戴上它嘴角就不会那么疼了。"

3

拿着王老板发的"巨额"工资,苏简妮的嘴角咧到了耳朵根,尽管她再三要求老板确认工资数额,可王杳总回答她:"这是你应得的。"

不愧是个活了五百多年的大妖怪!她暗自感叹。

向老板告假,苏简妮征用他的车,开始了"侦探之行"。

据苏侦探收集到的信息,何志是一家西餐厅的老板,白手起家,苦心经营,几年摸爬滚打下来,不说有多富裕,至少小有成就。

苏简妮同餐厅里的经理攀谈起来："我们老板和何先生是朋友,前几日何先生说他身体不适,我老板嘱托我来看望一下何先生。"

"何老板应该很快就回来。"经理想起何老板确实最近嘴部不大舒服,相信了苏简妮的话,放下了些许戒心,同她聊了起来。

苏简妮环视四周,这店的规模不小,遂问:"何先生有让家里人帮忙打理这里吗?"

"凌姐现在基本不来了,医生说她最近的精神状态不太好,需要在家静养。"

"凌姐是谁?"

苏简妮的问题让经理觉得稍显怪异:"何老板是凌姐的丈夫。"

不知是否受到了语言学知识的熏陶,苏简妮对说话者无意识的"弦外之音"变得敏感——他的太太比他在这里的人气更高些。

"何先生是个什么样的人?"

"挺和善的一个人，就是有的时候脾气急了些。"

"他的太太呢，是个什么样的人？"

"凌姐很厉害的，她曾经在法国留学。两个人相濡以沫，从一无所有到现在真不容易。"经理的语气中满是羡慕，很快地，又面露难色。

苏简妮会意，便不再追问太多，她把目光投向玻璃窗外街对面的一片区域，来往的行人进入她的视线，又消失在街尽头的转弯处。忽然一件嫣红的大衣抓住了苏简妮飘忽的目光，穿着它的是个长发姑娘，一路迈着小碎步往前面的街角跑去。苏简妮的眼神不自觉跟着她满是活力的身影，探身向前望去，从她的视角看到不远处的转弯有个凹处，应该是一条狭窄的小巷子。那个姑娘居然真的跑了进去，一个身影从隐秘的角落里露了出来。苏简妮看得出是个男性，但他戴着口罩挡住了脸。他和那个红衣服长头发的女人有说有笑好一阵。苏简妮看到那个女人隔着口罩吻了一下他的嘴唇，然后娇羞地跑开了。

——啊——苏简妮撑起下巴，高雅的西餐厅，悠闲的下午茶，街上过往的行人，无意间还能撞见有趣的情侣，真是诗意的日子啊……等等！那个男人戴的口罩，不就是从言叶拿走的那只吗?！

苏简妮连忙拉住经理，指了指那个女人跑开的身影，问经理："那位是他的太太？"

经理转身,并没有来得及看到她的身影。

此时何志已经推门进来,他认出了苏简妮,主动跟她打了招呼。苏简妮看着他摘下口罩的样子,胃里一阵翻江倒海——何志的下巴已经全部溃烂了,嘴角像是被撕开了一个大口子,而他自己依然毫不察觉。

苏简妮端着茶杯的手僵在那里,并没有把热茶送入口中。

何志上前一步说:"真的谢谢你们,戴着这个口罩,嘴果然不疼了。这次我请客,你尽管点。"话音刚落,他的手机响了,他做了一个抱歉的手势走远接电话,即便已经有一段距离,苏简妮依然可以听到他烦躁的说话声:

"……好了,我不跟脑子不清楚的人说话,你一个女人,懂个屁。"

眼前的经理假装什么都没听见,恨不得把耳朵堵起来,神色为难地躲开苏简妮,生怕她再问什么。

"我再也不想看到那个何志了……太可怕了……"

苏简妮蹙着眉诉说这一天的遭遇,她看着王杏和天竺津津有味地吃着薄皮大馄饨,胃里还时不时一阵翻腾。

王杳把筷子放在一旁,说道:"这才几天? 你就撂挑子了?"

"还不是因为某位老板抠门小气要什么赔偿,我才看到这些乱七八糟的玩意儿?"苏简妮丢给他一个白眼,把黑屏的手机当作镜子,开始抚弄她的耳环。

"小姑娘学会用眼白看东家了。"王杳优雅地用餐巾擦了擦嘴,不愠不怒。

"哦,"苏简妮扯了扯嘴角,"乙方有错,甲方也有错,咱俩扯平了。"

王杳看苏简妮把那银耳环摆弄得晃晃荡荡,扬了扬嘴角,调侃她:"小姑娘挺伶牙俐齿哪,一直没看出来。"

恼羞成怒,她"哐"的一声把手机扣在桌上,把王杳的筷子拿起来,二话不说,夹起一个馄饨硬塞进他嘴里,面上带着假笑关心道:"老板是不是没吃饱呀? 我再去热一碗好不好呀?"

东家差点被这馄饨噎住,一旁的天竺连忙递了杯茶。

得意过后,苏简妮敛了敛神色,表情有些不自然,说道:"对了,我见着何志了,好像还看见他的太太了,长头发的,是吗?"

王杳挑了挑眉毛,伸出一个手指晃了晃,说:"她太太是短头发。"

"你怎么知道？"

王杳眯起眼睛想了几秒钟，然后斩钉截铁地回答："昨天何志邀请我去他家里坐坐，我见过他太太了。"

4

是我推他下去的。

你问我是谁？我是我丈夫的妻子。

我的丈夫是个可爱但愚蠢的人。

我放弃了我的艺术事业，和我的丈夫一起打拼。我是他的助手，我替他打理他处理不了的事情。我告别我在法国的浪漫生活，告别了单身俱乐部，生活里的鸡毛蒜皮让我变得絮叨——因为我成了一名妻子。

然而这些我都不在乎,我可以忍受我的丈夫头脑不聪明,也可以忍受他结婚后的邋遢,我不能忍受的是道德上的越界——他和他的小情人。如果他把我想成了那种为了大局忍气吞声的女人,或者是像个弃妇般在街上撒泼的疯子,那就真的很蠢了。

我的丈夫开始对我冷嘲热讽,甚至恶语相加。我曾一味忍让,避免与他产生正面的冲突。我不断欺骗自己只要我们夫妻二人之间没有争吵,一切都会好的。他把我从法国的艺术殿堂拽到了这个城市,拖着我离我原来的圈子越来越远。他肆无忌惮地吞噬我为他创造的成果,当然,还搂着他的小情人。

他没有对我使用过肢体上的暴力,你觉得这样我就得对他感激涕零?语言上的暴力给我留下的伤疤永远无法痊愈,我恨不得让他说话的嘴巴烂掉。有时候我甚至宁愿他收回那些讥讽我、嘲笑我,甚至是辱骂我的言语暴力,来一顿打,至少肢体暴力可以痊愈。

我曾经很爱我可爱的丈夫,那是我的真心;现在我依然很爱我愚蠢的丈夫,那是我需要做戏。想象一下,一个深爱自己丈夫的女人如果有一天失去了她的丈夫,她天天以泪洗面,还会有人怀疑她的目的不纯吗?这再简单不过了!你所需要做的是继续与周围的笨蛋保持友善,面带微笑仔细聆听丈夫的疯言疯语,阅读他写给女人的那些滑稽荒诞的"鸡汤"。想抓住一个男人就必须先抓住他的胃。食物具有魔力,就算加了无益的东西进去,只要色泽鲜美,吃的人一样会毫无戒备地吃下去。

哦,顺便说一句,记得一定要把这些分享到你的圈子,好让他们知道你是个多么勤勉的家庭主妇。

最后一步,学会善用女人的特权——哭泣。哭泣总是屡试不爽,你可以尽情哭给想看到的人看。瞧,一个失去丈夫的女人哭得多伤心!你哭得越伤心,就会得到越多的同情,人们会恨不得给你立个贞节牌坊。

就在刚才,我的丈夫回家了。他喝了酒,醉醺醺地撒着酒疯,像往常一样用语言侮辱着我。

还有……最令我害怕的是,他居然动手打了我。

现在我的丈夫正躺在楼梯下一动不动。

Voila,我的生活才刚刚开始。

5

何志再一次来到书店时是坐在轮椅上被一个女人推着来的,他的脖子被颈托固定着,下巴有明显的歪斜感,怪异极了。

苏简妮大惊小怪,一路咋呼着出院相迎:"这……这人怎么成这样了?"等走到何志的面前时,她发现他半张脸的溃烂居然已经痊愈得差不多了——总算不那么令人触目和作呕了。

不像开路的马前卒一惊一乍,王杏以一副将相的气质淡定地随后出来。

肖女士优雅地主动向二人伸出手:"王老板,你好。苏女士,你好。我是何志的太太,肖依凌。"

"肖女士,你好。"王杳绅士地轻握了握。

苏简妮终于见到了何志的太太,餐厅里员工们口中的"凌姐",一个身材高挑,短发的美人,岁月虽然在她的脸上留下了痕迹,但也在她身上留下了优雅从容的气质。看到她的一瞬间,苏简妮什么都明白了,她对何志的同情一点不剩地转为了厌恶,厌恶他品德的缺失。同肖女士握手时,她目光落在了她的厚裙子上——夺目的红色从腰部溢出来,裹住了纤细的腰身,越往下越深;裙摆处的黑色像一条条藤蔓,向上伸展,恨不得把那蔓延下来的红都给融进去。

何志从喉咙里发出的"哼哼"闷响打断了苏简妮对那条裙子的欣赏,他无法说话,只能晃动着身体作为回应。

肖女士把手腕轻轻地搭在何志的肩膀上,轻柔地说:"我丈夫他喝了酒,从楼梯上摔了下去,摔断了腿,摔伤了下巴,影响到正常说话。"她蹲下身子,露出一对闪闪的湖蓝色耳坠子,伸出双臂轻轻拥抱了一下何志:"我想带他出来散散心。"

"快请进吧。"王杳邀请道。

肖女士微笑着点头致谢。

……

望向二人离开的身影，苏简妮斜倚在窗台前沉默了好久，直到王杳敲了敲她的后脑勺。"在想什么？从刚才起一直闷不吭声的。"

"我知道何志的嘴巴为什么会烂掉了……"苏简妮转过身来，掷地有声地说，"因为他撒了谎。"

王杳伸手揉乱了她的头发，失笑道："撒谎？人活在世，哪有从不撒谎的人，如果按照你的猜想，说谎的人都要烂嘴巴，岂不是人人都成何志那个样子了？"

"你说，他太太知道那事吗？"苏简妮惆怅了半天，问出了声。那句话与其说是问王杳的，不如说是问自己的，所以能不能得到回答也无关紧要。

"什么事？"王杳问。

相似的经历触碰到了记忆的禁区，身为旁观者的她竟觉得更残忍，一时间她难以再开口，只能作罢。虽然何志摔伤了下巴不能说话，但是嘴角的溃烂已经痊愈了，而且还有他的太太对他不离不弃，照顾有加。

看着何志和他的太太远去的身影，苏简妮又问："老板，既然不是撒谎，会不会是什么妖魔鬼怪用些不正的法术把何志弄成这副样子的？"

"你都在想些什么乱七八糟的？况且你看到他周围有什么魑魅魍魉了吗？"

"倒也没有。可如果真是这样，倒也算是正义以另一种方式得到伸张。"

"你怎么就一口咬定肖依凌是完全的受害者？你又如何给他们俩做出正义的定义？"

一连串的质疑令苏简妮的大脑运行了好一阵，她还是想不透："什么意思？老板你其实知道什么，对不对？你其实也偷偷调查了，对不对？"

"我不想知道，也不需要知道。我不过是习惯以批判的思维方式思考问题。"王杳淡然地回答。

"可是……总得有什么原因解释他的嘴变成那样了吧？"

王杳看了她一眼，想说什么，但还是选择缄默。

苏简妮用手托着腮，好奇心依旧不减，问："老板，那你是怎么治愈何志嘴上的溃烂的？"

王杳眯了眯眼睛，说："我没有做什么。他的康复只是暂时的，如果他自己还是意识不到说了不该说的话，到时就算能说话了，嘴巴也一样会烂掉。"

苏简妮发现只要他一眯眼睛,接下来说出的话一定又得费她一番脑力。

"什么叫'不该说的话'?"她问。

"小姑娘,语言不仅有它至高无上的权力与威力,还有从语言权力与威力中派生出来的暴力。"

琢磨片刻,苏简妮恍然大悟,一字一句道:"语、言、暴、力?"但是细细琢磨又觉得和整件事情相互矛盾,她拧着眉毛。"可是他对谁经常使用语言暴力?"几乎是自问自答,"是他的太太?"转念一想,又疑惑不解。"可是他们相敬如宾,怎么看肖女士也不像是被使用了语言暴力的样子啊?"

王杳面对着苏简妮,拍了拍她的脑袋:"所以,你看到的不一定是真相,你听到的也不一定是事实。"留下一句话之后,他转身走进了屋子。

【12月15日】

你确实是个活了五百多年的文字妖,也许是在书坊那样文雅灵气的宝地,抄本上的一堆墨字汇成你身体的雏形。

　　你不断变换社会身份,不变的是这家书店店主的身份。

　　我看着你在讲台前授课的模样,不禁会想象你是如何度过几百年的漫漫时光的。你说语言是有力量的,它让我重新审视我一直以来认识的世界,而你利用它把我一步步拉入你的阵营。"你是谁,你到底想要什么?"自来到言叶之后,这是我思考最多的问题,即使我没有直接问你。每当我清醒,睁开眼看到的是全然不同的世界。我曾视为真理的事物,随时可能被颠覆,我曾认为理所当然的事物,其实不过是众多认知思维中的一种。

【苏简妮】

第四章

失读

1

　　时间在苏简妮沉睡的梦中流逝。一睁眼,她看到了绝美的景色,面朝着空旷的墨色的天阶,夜色凉如水,突然觉得天地一宽,似有千万银烛,散满星河,仿佛一伸手就能够着九重天阙。她脚下虚浮,头顶上被拂来的风吹得痒痒的,耳廓擦过呼呼的风声。苏简妮仰着面伸手朝身下一摸,触到的是冰冰凉凉的鳞片;眼睛朝上望了望,才发现王杏居然就坐在旁边,满眼温柔地俯视着她。

　　……

院子里薄薄的积雪就盖在地上,一方一方银晃晃的竟有些耀人眼。书店里的暖气开得很足,王杳穿了一件黑色的薄毛衣,窝在蛋形的吊椅里打着盹。苏简妮端着两杯热茶从楼梯走下来,瞅着东家这一身黑行头,吓得她端着水杯的手一抖,水从杯口溅了出来。

"妈呀,老板你怎么了?"她既惊讶又移不开眼。

王杳睁开半眯着的眼睛,一副事不关己的样子:"我好得很,倒是你得多锻炼,手抖说不定是帕金森症的前兆。"

"我说你的衣服,这是什么打扮?"苏简妮忍不住凝视着他身上的黑色,后背一阵冷汗——昨晚的梦魇结束之际,她正是坠入了这样深不见底的黑色。她愈加不喜欢黑色了,令人有点不安,那种特殊的颜色仿佛会把她吸入无边无际的恐惧,一点点吞噬殆尽。

王杳低头看了一眼,一脸平静地回答道:"黑色的,你不喜欢?"

"不是喜不喜欢的问题。"苏简妮傻傻地盯着他看了看。她的老板身材好,穿什么都显得笔挺,只是这黑黝黝的颜色令她有种莫名的生疏感:"你穿成这样,我都不太敢和你搭话了。"

王杳继续问:"昨晚睡得好吗?"

苏简妮尴尬地笑了笑。她才不会告诉他,昨晚做的梦是关于他的。

她的老板是个察言观色的老手,一眼便看穿她的心思,道:"梦魇了?"

"嗯……算是……"

过程是美好的,但结局不是。

苏简妮从那东西滑溜溜的背上坠落下来,劈破漆黑的夜,急速跌入无底的深渊中。一边坠落,一边听着风从耳畔呼啸而过,她看到一条青龙在墨色的夜空舒展躯干御风而飞。王杳坐在上面,不知是龙鳞还是他,他们周围散发着清亮通透的银光,被星光晕染,灿烂如银。

"你梦到什么了?"对于她的梦境,王杳总是充满着探索的渴望。

苏简妮搔了搔鼻头,简单地概述了她的梦:"我和你骑在龙背上,我掉下来了,你没事,然后我惊醒了。"

"只有你和我?"王杳穿过她的眼睛,仿佛看到了更多。

"还有那条龙……"苏简妮将茶递给他。

王杳接过茶,将缭绕着茶香的杯子凑到鼻尖前嗅了嗅,开始了另一个话题:"今天有个老朋友来,你一定知道她的名字,我们这里曾卖过她的书。"

"老朋友? 跟你一样老?"

王杳笑了笑:"可以啊,出师了,学会玩文字游戏了。"

"她叫什么?"

"白瑾。"

"是谁?"

"她当年是我书坊里的一个伙计。"

又是个活了几百年的妖怪? 现在听到这样的事,苏简妮已经见怪不怪了。

"怎么后来离开书坊了?"苏简妮的眼睛追着王杳,期待他说的多一点。

王杳眯了眯眼睛,话里有话:"当年有人为了她大闹我的书坊,最后还把人从我这里要走了。"

苏简妮听了哭笑不得,真是好一出大戏,估计是些家长里短,照这么说,王杳算得上是白瑾的娘家人。

"另外,这几天把她的书作为推荐书吧。"王杳提议道。

"表示欢迎?"苏简妮稍稍敬佩他不计前嫌的气度。

"当然不是,就她的书积压得最多。"

推不推荐似乎无关紧要,因为言叶这家书店根本没有几个顾客。

伴随着下午五点打烊的钟声,白瑾姗姗而来,终于令言叶今日的客流量达到了两位数。

"我找了阿叔这么多年,如今终于找到了,可他却认不出我……"与王杳面对面坐着,这位同苏简妮差不多年龄的访客正用双手圈住茶杯,左右来回转着。

苏简妮略显错愕地打量着白瑾的脸,以至于看了好几眼都无法从外貌确认对方的性别——如果是男性,这张脸孔未免有些太白净了,五官的线条也过分阴柔;如果是女性,又偏偏是"假小子"的发式。

苏简妮再定睛细看,白瑾的原形是一只通体雪白的小狐狸。

王杳蹙了蹙眉道:"废话,能认得出就有鬼了。他一个肉体凡胎要是能活到今天,那得是干尸了。"

坐在一旁的苏简妮不禁暗笑,老板连动怒都是一副平平没有起伏的语调。

王杳阴沉的脸色下,小白狐便也不敢多言。

王杳接着问:"所以,你现在是什么情况?"

"阿叔还是不能阅读,跟以前一样。还有……"小狐狸委屈巴巴,偷偷从茶杯边沿看王杳的脸,吞吞吐吐:"我被赶出来了……"

"那就回自己家呗。"王杳用理所应当的语气说道。

"我把房子……退租了……"大约是没办法反驳他,小狐狸的声音愈来愈小,说到最后几乎只是嘴唇在动而已。

小狐狸低着头,在王杳面前像一个犯了错乖乖听训的顽皮小孩子。

王杳叹了口气,恨铁不成钢地说:"不是我说你,人家的日子过得好好的,你非要去搅和一下,啊?"

苏简妮头一次看到王杳居然可以如此婆婆妈妈,紧接着小狐狸一句话彻底堵得王杳无话可说——"可是……如果不找他,那我的生活也没什么意义了……"

固执到痴傻,就算神仙也救不了了。

"意义,意义……你一个狐狸在这儿探讨什么哲学问题。"王杳头痛似的揉了揉太阳穴,这小狐狸异于常规的逻辑折腾得他脑仁疼。

小狐狸从背包里拿出一个信封,毕恭毕敬地交给王杳,说出了此行的最终目的:"请你为我写一个幻境吧。"

写什么?幻境?老板还有这个能力?苏简妮听得丈二和尚摸不着头脑。

王杳沉默了半晌,给了她近乎默许的回答:"去了就再也回不来了。"

苏简妮在一旁诧异地睁大眼睛,听得背上一阵冷汗——这不就等于一个年纪轻轻的孩子来到你面前,告诉你他想自杀,然后你欣然同意?

小白狐将目光收了回来,端起面前的白瓷茶杯,呷了一口,神情愈加落寞:"你也知道我是个怕寂寞的人,一个人活着……真的挺孤独。"

后来的几天里,言叶多了一只小狐狸。王杳最终答应会把她送入幻境,条件是得等一个星期。

2

万历年间的某个夏天。

"啊……天气真热哪……"钟翟将手里那一本带图画的书反扣在桌上,书的封皮上写着"莹窗志异"四个字,书已经有几分破旧了,连边角都翻翘起来。他抬头看了眼屋外参天的古树,巴掌大点儿的小破草棚笼罩在层层的树荫之下。从屋里出来前,钟翟喝了一肚子的烧酒,就这么摇摇晃晃地上了船。

钟翟是个捉妖师,如今天下太平,无他的用武之地,便做些摆渡的活儿维持生计。在风和日丽的天气里,若是无人过渡,那他便整日长闲了。

后来，按某个人充满诗意的描述：在呆板而枯燥的雨季里，在泛着萤火的藕花深处，她的阿叔迎来了一位不速之客。

孟夏落了绵绵雨，一共七天，河水涨了，平日泊在码头的商船、花船，此刻都离岸边很近。在楼上茶馆里喝茶的闲人，从临河的一面窗口俯身，便可以望见烟雨红桃的好景致。河中唯有一叶乌篷船摆渡在莲花丛深处。近岸停着的花船里，钻出的小毛丫头正撩着裙子在船头单脚跳着玩耍，她停下来朝湖中望了望，接着从一片喧嚣扰攘中发出尖锐的叫唤："呀！湖面上漂了只小狐狸！"

离落水狐狸最近的船，正好是钟翟泊的那一叶破旧的乌篷船了。

柔柔的白月光淡淡地洒满各处，且隐隐约约听得到远处花船里的人语声。钟翟将身子靠定在船头，先是眺望那半弯月，又将脑袋探进船身里瞧瞧救起的小狐狸。它在钟翟的乌篷船里躺了许久，一直到翩翩的萤火在夜色中轻盈透亮起来时，才逐渐睁开眼睛。

屋檐下燕雀的鸣声在燥热的夏季也没了生气，闷热的天气里时不时传来几声蝉鸣与其为伴，鸣叫声不大，若是再远一些就听不到了。钟翟坐在茅屋的屋檐下，顺手抄起一把芭蕉扇呼呼猛扇，简直是闷热到不行，耳边灌入茅屋下踢蹴鞠的孩子们的欢笑声。

真是一群生气勃勃的熊孩子……

与此相比,还是这只小白狐要乖巧得多,钟翟伸手抚了抚它身上的毛,谁料它扭过头来就是一口,疼得他倒吸一口气。

白狐落地,变成一个面容白净的小生。

没有丝毫诧异,钟翟搁下破扇子,揪起一根狗尾巴草先逗逗那只蜷缩在阴凉下的小野猫——这小子不知道自己是个捉妖师。

"玩够了就回家去吧。"钟翟自顾着逗猫,头也不抬地对少年说。

"阿叔。"少年忽然开口。

钟翟的身子一歪,额角边硬生生冒出三道黑线,少年刚才那一声"阿叔"不住地在耳边回荡。

是啊……年轻真让人羡慕……

钟翟嚼着那根狗尾巴草梗儿,斜睇了少年一眼:"怎么了?"

"阿叔喜欢看这本书吗?"少年低眉,看了眼钟翟手边的书。

"噢,那本书哪,我看不来字,只是翻翻上面的图而已。"

"阿叔你不识字?"

"小鬼头……"钟翟哭笑不得,不知怎么跟一个陌生人解释自己的怪病——他能说话,却读不出写在纸上的字;这些墨字在他眼里只是一些杂乱的毫无美感的"鬼画符"。

郎中说了,这是怪病。

钟翟含糊地应了一声:"嗯……就算不识字吧。"

"那……阿叔,我会写故事,还能念故事给你听,有我,你就不用只看带图画的书了。"少年的声音显得拘谨而生疏,"你能让我留在这儿吗?"

钟翟喜欢听光怪陆离的奇闻逸事,不仅因为鬼怪故事可以天马行空地写,还因为那些写故事的人,他们把上至朝廷官场下至贩夫走卒,内至闺房绣阁外至边塞烽烟的万千姿态纳于笔下,写的既是自己,又非自己。他心里莫名一软,"噗"的一声,利落地吐出草梗儿残渣,准备起身去湖边的渡口瞧瞧,便敷衍潦草地回了一句:"行行行,玩够了记得回家啊。"

归去时本不经过乐安街,钟翟莫名想起救起的小鬼头似乎喜好读书,摸了摸还剩的零碎纹银,便打算绕路到乐安街的万庆书坊。途中偶遇城中的小捕快，便歇脚闲聊，小捕快告诉钟翟，万庆书坊的一个小生不见了，已经一连消失好几天了。

钟翟若有所思，心中俨然已猜到几分，遂问："那个小伙计是多会儿丢的？"

小捕快一脸认真地说："上月初二。"

万庆书坊可不是一般的书坊。若论缘由，多是白面书生住在坊里，他们聪明虚浮，做学问不求深入，读的书比较杂，写出的作品亦存在着雅俗之别：妇孺皆知的小说传奇出自那里，而暗处传看的香艳抄本也出自那里。钟翟正欲告知那走丢的小书生在他那里，不料小捕快抢先开口，只见他倏地贴到钟翟耳朵根前，神神叨叨地低声道："前些天在河边发现了一具男尸，是溺死的。"小捕快的五官都快拧成一团了，极不情愿地回忆那画面，说："还有哇，男人的脸像是被撕咬过一样，辨认不清了。"

钟翟疑惑，那自己救的是谁？他问："让王坊主辨认了吗？"

"叫去了，他一口说不是。"

"那人的心脏还在吗？"

"在。"

钟翟听了，暂时松了口气，排除了第二种可能——狐妖吃心，好在自己没惹上麻烦。

小捕快收整了一下挎在腰间的刀，摇摇头叹一声："一个失踪一个死亡，这下有得查了。"

白瑾正躲在树荫下翻看着钟翟的书，一只粗糙的手伸过来缓缓抽走她的书，她顺势抬头望去。阿叔正背朝阳光面朝她，身形被勾勒得高大魁梧。

"阿叔，你回来了。"白瑾眼前一亮，欢喜不已。

"小鬼头，为什么不愿意回万庆书坊？"钟翟问。

小狐狸含含糊糊地应了一句："阿叔你都知道了？"然而怎么也不敢直视他一眼。

"你当叔傻啊？"钟翟把书合起来，又递给白瑾。

"那些漂亮的字迹是我不幸的起源。"白瑾阖上双眸，抱住膝盖，将脸贴在膝头的书本上，"我喜欢它们，也厌恶它们。"

"你这几天……去过河边吗？"钟翟看似漫不经心地问。他的问话水平确实不怎么高明，硬生生把"你是狐妖，是不是你杀了人？"问得变了味道。

　　"我才被水淹过一回,还没做好被淹第二回的准备。"白瑾起身,把"不被信任"的不悦统统发泄在力道上,将书一把塞回钟翟手中。

3

二月的寒意迟迟未褪，碰上了阴天，阴沉沉的云从天顶压下来，连心情都低落起来。苏简妮和白瑾一同坐在院子里，听她讲她与阿叔的故事。

"这是我和阿叔相遇的时候。"小白狐微微扬起细长的手指，又依次落在腿面上，脸上带着回忆的笑，"他知道我是只狐妖，却不知道我是女儿身。"

"可为什么你要扮成男孩？"苏简妮听得意犹未尽，忍不住问道。

白瑾撇嘴耸肩，说道："初为人形，无知懵懂，糊里糊涂被人骗到了花街的门楼前也浑然不知，前脚都要踏进去了，他出现了。"终于，她提到了令她们产生交集的关键人物——王杏。"他的书坊是个人多口杂的地方，为了方便，我乔装成男孩模样，久而久之，也就习惯以这副模样示人了。"想听的更多，白瑾却戛然而止，意思是她和王杏相遇之后的事，都是些狗拉羊肠子的琐事。

苏简妮看着白瑾脸上吹弹可破的皮肤，连额边的血管都隐约可见，忍不住想那时的白瑾为了生存下去，必须隐藏起这些引以为傲的女性特征。

白瑾略略扬了扬嘴角，道："我猜得出你在想什么。我现在不是不认同自己是个女人，只是不赞同女性的性别特征需要从被审美的角度称赞。"继而，她带着自嘲的口吻抛给苏简妮一个可以写成大论文的问题："你说，为什么那些神话故事里的狐狸都是妖媚勾魂的女人？"

苏简妮知道自己回答不出，也不需要回答，她只把白瑾的这个问题当作观点的宣泄罢了。

"我听老板说起过，是钟先生从他那里把你带走的？"苏简妮还多想听一些她与钟翟的过去。

白瑾点头，一声遗憾的叹息在陷入回忆的状态中滑出了唇。

　　一个很好的倾听者,这种倾向会兼有另一个身份——敏感的观察者,儿番话轮过后,苏简妮便听出了端倪,这件事从逻辑上讲得通:钟翟要把白瑾带走是原因,王杳同意是结果,一切合情合理。可是总觉得哪里少了一块,到底哪里不对?

　　"方便问一下钟先生现在做什么工作吗?"苏简妮问。

　　"现在,他在一家成人语言康复中心工作,帮助那些和他一样不能阅读的人。"白瑾把脸转向窗外,又将记忆送到了久远的过去,"第一次遇到他时,他就不能读出写在纸上的文字。"思绪旋即切换回现在。"成年人不像孩子,阿叔所要做的是以其他的方法来弥补阅读能力的缺失,让他们重新适应这个社会。"

　　"失读症,"王杳的声音突然插了进来,"与智商智力无关,表现为无法识读书面文字,可以通过非视觉途径弥补这种缺陷。"

　　乌云聚拢,王杳是来唤二人进屋的。白瑾旋即变化为白狐,溜进了屋里。

　　熏香的气味飘散在屋中的每个角落,挂钟"当当"作响,五点一到,苏简妮一边灵活地穿梭在书架之间清点数目,一边思索着与白瑾的对话。一支铅笔在她的手指间灵活地转动,转开了她的思绪,她微微一愕,倏地驻足,铅笔停在指缝之间,她忽然想明白了问题的症结:时间顺序不对。

——"钟翟把她带走"是白瑾第二次离开书坊,那么第一次呢? 如果第一次不离开书坊,她也就不会遇见钟翟。

苏简妮透过书本和书架之间的缝隙向王杳射去一道怀疑的目光:"白瑾第一次离开书坊的原因是什么?"

"小孩子嘛,贪玩。"王杳隔着一排书架,敷衍地冲她扬了扬手。

"不可能。那么她为什么迟迟不肯回去?"苏简妮一副打破砂锅问到底的架势。

"你可以问问天竺。"王杳用一个淡漠的微笑回应她。

活得太久在此刻成了他的记忆破绽,因为苏简妮记得他说过的和天竺相遇的时间。"得了吧,你那时候还没遇见天竺。"苏简妮完全确信老板指使白瑾做过什么不为人知的事情,她一针见血地问:"老板,你是不是在掩盖什么?"

"没错,我是有不想让你知道的事。可如果你非要刨根问底,为何不亲自去问白瑾? 她的答案一定比我说的有意思得多。"王杳不紧不慢地说。

苏简妮清楚自己所面对的人是个玩弄话语和文字的高手,他欲盖弥彰,避重就轻,差点把她引入布置好的陷阱之中。

苏简妮撇了撇嘴角："你都这么说了,小白狐肯定什么都不会说。"

"你在我这里工作,所以我给你工资,她也一样。"王杳眯了眯眼睛,"我的书坊不是收容所,我也不是慈善家。想要在我的书坊里生存下去,就必须有所付出。"

"可——可白瑾用什么换取酬劳?"苏简妮想问又不敢问,怕又得到一个毛骨悚然的答案。

王杳俯下身子,目光穿过书架的缝隙牢牢锁住苏简妮。他狡猾地扬起嘴角,指了指大脑的位置。

后背冒出一阵冷汗,意识到从他的嘴里问不出所以然来,苏简妮扯出一个生硬的赔笑又迅速绷起扑克脸——这家"倒卖器官"的黑店居然没有被相关单位查封……

4

酷热渐褪，阳光变得柔和许多。钟翟的背上负了柴，他顾望天空的大雁排成人字或一字飞过天际。见惯了刀光剑影与尸横遍野，过惯了漂泊流浪与无牵无挂的日子，什么时候开始，竟渐渐适应了寻常百姓家的过法儿？——大概是那个小鬼头来了之后的事吧……小米馒头配上蛋花汤，虽清汤寡水的，可如今有了个人一起吃，倒胜过独自一人吃山珍海味了。

直至天色将晚，钟翟回到家，看见屋内有灯火，再走近些，他瞧见小鬼头在门口的台阶上坐着，手里拈着针在那里缝补衣衫，烛台边上还搁着一本翻开的书本。一阵温馨的暖意袭上心头。钟翟不禁扬起嘴角，其实这小鬼头也挺招人喜欢的。

就在白瑾转身进屋之时，长衫的股间处洇开一片殷红，钟翟什么都明白了。

城南有一座临河的寺庙，庙前有两尊面对流水的石兽，据说是"镇水"用的。一年暴雨成灾，大庙山门倒塌，将那两尊石兽撞入河中，庙僧一时无计可施，便搁置在河中不管。数年后募金重修庙山门，才感到那对石兽不可或缺，于是派人下河寻找。按照小僧们的想法，河水东流，石兽理应顺东而下，谁知一直向下游找了十几里，也不见其踪影。

小和尚左打听右询问，最后找到了钟翟。

钟翟说，到下游能找到才怪。

那石兽很重，而河沙又松，西来的河水冲不动石兽，反倒将石兽下面的沙子冲走了，还冲成一个坑，时间一久，石兽必然向西倒去，掉进坑里，如此年复一年，石兽就像在水里翻跟头一样。

到了午时，天气清爽。白瑾执意跟随，钟翟便带着她一同去找镇水的石狮子。他将乌篷船拴在庙门前的河段，起身推开船篷，从外面涌进一些空气，他对白瑾下命令："听好，你在船上等我，不要乱跑。"

"嗯,我知道了,我会在这儿等阿叔的。"白瑾连连点头,爽快答应。

钟翟的嘴上咬着一根稻草,翘板似的一上一下,自思自忖,盯着小鬼看了片刻。

嗯,学乖了,脑子终于开窍了。

白瑾看着钟翟独自沿河畔一路向上游走去,便灵巧地跳下船,紧随其后。

静静的河水深到一篙不能落底,粼粼却无游鱼,静得诡异,仿佛水底潜着怪物似的。

果不其然,一些面貌手足都跟美女一样的鲛人浮出水面,皮肤如白玉,发长五六尺。她们仅仅将头探出水面,又忽地钻到水底不见身影……

跟了二里高高低低的路,一个转弯,白瑾就再也寻不到钟翟的身影了。她不辨路径,不知所往,只能沿着草木蒙茸之间的一线平稳小路继续向前走,沾了一身的杂草,眼前终于豁然开朗,又到了宽敞的河岸边,原来方才一直沿着河岸的偏道在走。此时,从河中浮出一个鲛人,白瑾不识,便开口叫道:"姐姐,河里危险,你虽识水性,但还是上岸为妙。"她边说边靠近河岸,鲛人也朝她游来。待二人距离拉近时,鲛人袒露两臂,露出肘下的鳍,从口中喷出热腾腾的雾气,如初启的蒸笼一般。白瑾闭紧双眼躲闪,不一会儿,再睁开双眼时,只见四周雾蒙蒙的,仿佛把乾坤都罩住了,她惊慌地喊了声"阿叔"却无人应答,恍恍惚惚间听到流水声,一声声徐徐缓缓流入耳朵——她竟被这水声诱到梦幻的仙境里了。

顺着斜里一条小路快步走去,白瑾边走边喊着"阿叔",半天无人应答,她便迈开步子追赶起来。好容易看见河边有个人影,便迈步狂追,脚下一绊,栽倒在地。突如其来地,白瑾看见一具骷髅破水而出,她挣扎着爬起来,对着河边的人大喊:"阿叔!别靠近!"

那人转身,正是钟翟,他有些出乎意料,盯着踉踉跄跑来的白瑾——直挺的鼻子,秀气的眉眼,眼里却浑浊一片,无神,黯淡。

——这是中了幻术。

这样的神情,白瑾自己是不知道的。

钟翟看见白瑾冲过来,一把推开他,奋不顾身地挡在他的面前,嘴里含含糊糊地说着些什么。说时迟,那时快,还未待钟翟从她突如其来的举动中回过神来,水中的骷髅伸出了一截白森森的手臂以迅雷不及掩耳之势将白瑾拉入水中。

白瑾早已丢了魂,任凭鲛人拖拽着渐渐向下沉。

"傻瓜！你替我挡什么！"钟翟大惊，也立即纵身跳入水中。

白瑾听到钟翟的声音，顿时清醒，欲张开嘴呼救，嗓子里立刻灌入成股的水，情急之下，她扑腾着双手，双脚也乱蹬一气，正好一脚踹在拽她下沉的鲛人的头顶，将鲛人猛地一脚蹬了下去，这才得以脱身。

"快游到石兽那边去！快！"钟翟见白瑾浮出水面，大声呼喊。

白瑾挣扎着扑腾到石兽的旁边，紧紧抱住石兽，那鲛人不敢靠近石兽，但依然徘徊在附近。

一时间，白瑾虽暂时安全，却无法脱身。

钟翟则快速游过来，欲引开鲛人的注意力，一边对着她喊："小鬼！快游到岸上去！快！"鲛人闻声，也迅速朝钟翟那边游去。

白瑾扑腾着挣扎上岸，等再回头时，只见河面上静悄悄的，水流的哗哗声阵阵入耳，却独独不见钟翟，白瑾旋即站起身沿着河面喊他。

阿叔！阿叔！

静静的河水依然清澈透明。

阿叔能入水闭气,他分明是善洇水的啊。

白瑾在岸上一遍又一遍地喊着:"阿叔、阿叔、阿叔……"就
这么腿软气短地沿着河岸喊,越喊越声嘶力竭。就在她哭得要
咽气的当儿,河水哗哗一响,钟翟从水中冒了出来:"臭小鬼你
刚才逞什么能! 替我挡什么! 你知不知道你差点就给妖怪塞
牙缝了! 啊!"钟翟一把抹掉脸上的水,连珠炮似的对着白瑾一
阵猛轰。

"阿叔! 阿叔……阿叔!"白瑾扑到了钟翟的怀里,将他扑
倒在地,一面用拳头捶打他,又一面紧紧地搂住他。

钟翟怔住了,他清楚地感受到白瑾的肩在抽搐。白瑾深深
地喘了口气,紧紧地依偎在钟翟怀里。回神后,钟翟抱着她,缓
缓抬手将白瑾湿答答的头发捋到耳后:"好了……好了……别
哭了,我这不是回来了吗?"

当霞光悄然泼洒于天边时,白瑾从撕心裂肺哭到呜呜咽
咽。钟翟蹲在地上,嘴里衔着根杂草,小鬼头此时哭得筋疲力
尽,蜷缩着身子窝在他的腿边。他哭笑不得——身为一只能迷
惑人心的狐狸居然中了幻术,说出去不让人笑话才怪。

5

钟翟把白瑾叫到船上,说要走水路进城置办些东西。当船身泊在万庆书坊前时,小狐狸什么都明白了:自己这个累赘要被送回书坊了。

拱手拜别,虽有不舍,但白瑾确实想不出理由能够留在阿叔那里,遂说:"阿叔,一直以来,承蒙你的照顾……白瑾就此告辞。"

钟翟的面上带着的笑容仿佛是硬生生地挤出来一般,他略微迟疑一下,干巴巴地解释道:"一个女孩子家跟着我这个糙汉子怎么说?"他认清了再多苍白无力的解释都难掩他要把她送走的现实,只得抬手拍拍白瑾的脑袋:"小鬼头,回去之后记得按时吃饭睡觉,然后好好读书……"还想再嘱咐更多,可话到嘴边,却怎么也说不出,最后只能简单地告别:"那就……后会有期了。"

细如丝线的雨水从灰瓦上流下来,一滴,又一滴,落在满地金黄的落叶上,让人恍若隔世。邻家小妹问那少年何处去了,钟翟笑答,玩够了,回家享福去了。小鬼头能回归她该有的平静生活多好,免得跟着自己成天担惊受怕。捉妖这危险的行当,本该就是独来独往的,一旦有了牵挂,稍有不慎,一家人的性命都会赔进去……

回到万庆书坊的白瑾时常做着相同的梦,梦里总会跃出先前二人一同居住的房子,钟翟就一言不发地站在院子里,直勾勾地盯着自己,许久许久,竟慢慢地满身是血,一滴一滴地往下掉,啪嗒啪嗒的,直瘆人。于是惊醒,坐在床榻上喘着粗气。

这般回归独自一人的日子一转眼就到了瑞雪纷飞的年末。外面的风里飘着零星的雪片,钟翟从窗格望去,像是轻轻撒下的棉絮,窗格上已经落了好些雪。这样的景致钟翟以前从不留意,真正能静下心来欣赏的时候,细细回想,好像只有陪着小鬼头时,可如今,也是无心欣赏了。窗前薄明微黄的烛光影影绰绰,光影里有小鬼头相伴的虚像也明明灭灭,长年驻扎的小鬼头给他念诗,熟到在船里拿烘山芋当一餐吃也是常有的,不觉间已生出一种眷念来。

真是，早干吗去了？人走了才意识到，钟翟如是感慨。翌日，他做出了一个决定——去万庆书坊把人要回来。

多少年后，当小鬼头缠着他问个不停时，钟翟总是一边宠溺地抚摸着她的头，一边笑吟吟地回答："当时头脑一热，如今悔不当初。"

万庆书坊大门前，车水马龙，人来人往。王坊主笑吟吟地对钟翟拱了拱手："钟兄好久不见，今日怎么有空来我这小店里？"上门就是客，只要愿意踏足万庆书坊的，在王杏的眼里就没有高低贵贱之分。"可是来找白瑾的？先请进吧，我这就叫她下来。"

"不不不，阿杏，"钟翟伸手拦了拦王杏，"这次是找你的。"

"找我？"

"阿杏，我能把那小鬼头从你这里赎出来吗？"

"赎？"看着前来讨人的钟翟，王杏不禁哈哈大笑起来，"我这里是书坊，又不是春满楼。只要白瑾愿意，随时可以离开。"

"原来是我想多了……啊哈哈哈……"钟翟挠了挠后脑勺，尴尬地笑道。

王杳眯起眼睛,似笑非笑地盯着钟翟问道:"可是,你真的了解她吗? 你知道她一直在这里做什么吗?"

白瑾不知何时出现在王杳的身后,迟迟不愿出门相迎,喜出望外与胆怯惶恐在她的眼里交织缠绕。

"她人在这儿,你亲口问问看吧?"王杳向旁边撤了一步,给二人让出了足够的地方。

白瑾对钟翟说:"一直以来承蒙阿叔照顾,白瑾感激不尽,只是……我不能跟你回去,我、我要留在这儿……留在这儿。"

王杳的视线在钟翟和白瑾之间来回扫了扫,话里有话:"看来你并不知道她是做什么的。"他面露微笑玩味着这句话:"她,我当然可以给你,但要不要,就看你了。"留下这句话,王杳转身离开。

"你有什么事瞒着我?"钟翟拽住白瑾的手腕。

白瑾一言不发地拉着钟翟穿过主楼,来到那一排简陋的房子前才亟亟开口:"我不是阿叔一直以来想的那个样子。"她扯着钟翟的袖子进入一间昏暗的屋子,那间屋子里几乎摆满了成卷的书,她顺手打开一本书,边翻边说道:"这样的我,你也能接受吗?"语毕,白瑾开始大声念出书上的文字。

入耳的文字，尽是令人面红耳赤的床笫之事。

白瑾气愤又羞赧地抛下手里的书，扯扯嘴角，想笑，却笑不出。

钟翟接过书卷翻开来看，一篇篇的文字旁还配着秽亵不堪的版画。

"说什么编撰小说传奇，其实都是些污人耳目的东西，这才是真正的我，一个伤风败俗的人！"白瑾伸手夺回书本，将它们狠狠摔到一旁，"这些玩意儿最后都会以高价卖给一些商贾贵胄，换来的钱财大部分是我的酬劳……"白瑾将一张薄薄的宣纸劈手夺过来搓成团，望着钟翟的眼睛，半晌开不得口。"所以……阿叔……我不能……不能跟你回去。"白瑾嗫嚅着，颓唐地收回手，她将头埋得很低很低，就这么一言不发地僵持着。

钟翟环视了一圈，问道："它们全是这样的？"

"全部都是。我以后还要以此为生。"咬着嘴唇抖了几抖，白瑾终于抽噎起来，眼泪紧接着也夺眶而出。

小鞭炮从悬到长杆尖端的空中落到地上，丝丝流泻的白光慢慢吼啸起来，火树银花；大红对联上写着吉祥话，分外喜气洋洋，真是热闹得不得了。钟翟晒笑，没想到啊没想到，本以为这个小鬼头从里到外都清纯得能滴出水来，如今倒显得他这个

"老瓜瓢子"傻得都能当猴耍了,真是被她那张人畜无害的脸骗了这么长时间。低头盯着那个毛茸茸的脑袋,钟翟的眼神逐渐变得温柔怜悯起来,这孩子也是可怜,竟沦落到要依靠写些乱七八糟的艳情野史为生。

白瑾抬头,对着钟翟嘻嘻一笑。

"笑什么笑?"钟翟戳了戳这个顽皮鬼的额头,话说回来,这个跟屁虫似的小鬼头有什么好的?

——鬼知道!

在冬日的黄昏里,白瑾围坐在钟翟身旁,为他读故事,就这样一直从黄昏读到深夜;钟翟看着白瑾读故事时微红的薄唇,嘴角溢出一丝笑意。

6

关于小白狐的故事在春寒料峭的暮色中结束了。苏简妮裹着绯红的羊毛披肩细细聆听着，那故事虽已落幕许久，但她依然回味着——原来真的有跨越了数百年的思念。

"其实，我一直想问，你第一次离家出走的原因是什么？"苏简妮说。

听到她用"离家出走"这个词，小白狐哭笑不得，难道已经改变不了王杳是"娘家人"的角色设定了吗……

"我和阿杳起了场小冲突，就是这样，嗯……"正如王杳所预料的一样，小白狐没有告诉苏简妮真正的原因——她无法忍受再去编撰那样不堪的印本内容，偷跑出城外，失足掉进了湖里。

"老板居然还会吵架？"苏简妮实在难以想象没什么脾气的老板急眼的模样。

"谁都有年轻气盛做错事的时候，阿杳也一样。"小白狐弯起细长的眼睛，不疾不徐地说。

看到小狐狸这副说话的口吻和神情，苏简妮顿时明白她是跟谁学的了。

"可、可是，你好不容易才找到钟翟，有什么矛盾会激化到他把你赶出来？"苏简妮的表情掺杂着困惑与惆怅，正迎上馥郁的焚香气息，她整个人又忍不住向捻金丝的黑色靠垫里陷了几分——莫不是这难断的家务事是经常上演的戏码？ 她纳闷："难道你和钟翟经常吵架吗？"

白瑾摇了摇头，犹豫一番终于道出了实情："其实不是因为吵架……阿叔得去相亲了。若是哪个小姐姐和他情投意合，我这个外人倒成了他的拖累，倒不如自觉点离开，免得日后大家都尴尬。"

这才是小狐狸来这里的真正原因，苏简妮听了唏嘘不已，原以为要见证一个阖家团圆的美好结局，孰料事与愿违，倒是看到了曲终人散。正不知道该说些什么时,院子里的门铃响了,一起响起的还有那个准点报时的挂钟。

下午五点了。

"不好意思,我们下……"苏简妮伸长脖子冲着门口的方向高声道。"班"字还未说出,白瑾那一声轻轻的呢喃从她的耳后响起:"阿叔……"

念念不忘,必有回响。

"啊"的一声,一跃而起的不是白瑾,而是苏简妮。"老板——要人的来了!"苏简妮是个感性的人,能赶上前一个团圆的结局和新一个美好的开始,她激动欢欣的声音穿透了墙壁,无遮无拦地窜进了王杳的耳朵里。

小狐狸开口闭口提到的阿叔,终于在第三天来言叶找人了,与几百年前如出一辙。

白瑾被王杳打发到了二楼。

点上一炉香,沏上一壶茶,彰显待客之道。

"白瑾在您这里这么多天,打扰了。"钟翟诚恳的声音里带着歉意。

"无妨，我和她也算得上是旧识。"王杳微微颔首，慢条斯理地回答。

苏简妮坐在王杳的旁边，一边观察着事态的发展，一边随时听候他的差遣。小白狐的阿叔温厚朴实，自己的老板深沉稳重，这两人的气场有相似又有所不同。

——这……这难道就是中年大叔们一见如故的友谊？ 苏简妮心想。

"方便问一句吗？"王杳神态安闲地发问。

"请尽管问。"钟翟伸手做出一个继续的手势。

"您为什么想找她回去？"王杳转动盛着清茶的小瓷杯，以一个旁听者的身份问。

"她退了房子，总不能任由她乱跑。"

"听说您患有失读症，如果您觉得她给您的生活造成不便，可以让她先住在我这里。"

"谢谢您的好意，我还是希望她回到我身边。"钟翟坦诚地回答，口吻里丝毫不掩饰对白瑾的欣赏，"正因为有这孩子在，我的生活才方便许多，这孩子懂事，挺招人喜欢的。"

"如果您需要的是一个生活上的助手,那换谁都可以,不是吗?"王杳质疑。

钟翟听了,陷入回忆,笑着摇了摇头,道:"这个小鬼头五年前莫名其妙地闯入我的生活,说什么找了我很久。一个人生活惯了,突然多出个人,肯定不适应。她明明手笨,却什么活儿都抢着做,最后反而是我给她收拾烂摊子。"回忆到此处,钟翟忍不住笑出声:"你说说,是她帮我,还是我帮她?"

苏简妮看得出他回忆起白瑾时的笑容,必定经过了相处磨合的沉淀,一定是有苦也有甜的。

钟翟继续说:"可她在我身边久了,觉得换谁都不行。而且她还年轻,偶尔闹闹脾气耍耍性子,我不得包容她?"钟翟从回忆中抽回思绪,看了一眼王杳,给他的质疑下了一个需要细细揣摩的总结:"我已经习惯她了。"

"好吧,"王杳搁下茶杯,起身道,"我去叫白瑾下来。"

苏简妮以为是说给自己听的,遂动身上楼,却被王杳轻轻伸手拦了拦——他要亲自去叫白瑾下来。

白瑾在二楼的楼梯口张望着,见到王杳上来,急切地开口求证:"阿叔他说什么了?"

她希望从王杳那里得到更多阿叔的消息，可王杳却只字不提那个人。

只见王杳慢悠悠地朝走廊尽头走去，迈开步子时似有似无地问白瑾："你为什么想回到钟翟身边？"

白瑾被他捉摸不定的态度弄得有些茫然，只好跟着他一路朝走廊尽头走去，"因为……"她努力寻找着一个更有说服力的理由，却被二楼半明半暗的走廊扰得心神不宁，一时迟疑，"——因为阿叔需要我，我可以为他阅读。"

王杳引着白瑾走入走廊尽头的黑暗之中，在模糊的交界线上又忽然回头，展开了一个笑容："你想回到他身边的真正原因是什么？"

白瑾微怔了一下的工夫，王杳停在了一间房间前，说："这么中规中矩的理由并不足以成为你想去找他的动力。"

——他一语戳破这个披着无私外衣的借口。

王杳的语气虽轻快，却将白瑾惊得一身冷汗，他一把推开了房门。"用不着把自己的位置抬这么高……"说着，他拿出一个透明发光的玻璃瓶，"如果我说，我能给他阅读的能力，那么你觉得你还有理由回到他身边吗，嗯？"王杳露出一个让白瑾胆战心惊的浅笑。

可能是被王杳的声音蛊惑了,白瑾把嘴唇咬得发白,着魔似的摇摇头,口中喃喃自语:"……不能。"

王杳忽然敛起了笑容,用低沉的声音再次开口:"最原始的动机是以本能需要为基础的,所以必定是自私的,那些利他的理由不过是有限的慷慨。我只是见不得跟我这店有关的人,打着冠冕堂皇的旗号来满足贪婪和欲望,所以最后再问你一次……你为什么想回到他身边?"

当最后一点夕照透过落地玻璃门照进室内时,黄昏时的橘色柔光已经把房间照得暖意十足了。王杳正躺在沙发上,天竺伏在他身边的一堆书旁边,二人周围堆满了书,快要将他们淹没在里面了。

"我的天,难道你真的一点都看不出来吗?"苏简妮擦拭着新买回来的水晶球,透过玲珑剔透的球面看了看王杳夸张变形的脸。

"看出来什么?"王杳推开书本,坐了起来,戴起眼镜。

苏简妮简直难以置信,一副受不了的样子拍拍额头,同王杳理论道:"老板你怎么能把思念和爱慕称为人性的贪婪?"

——真是不解风情的呆头鹅。

"怪不得你打了这么多年的光棍。"苏简妮补了一句,彻底把王杏拍死在墙上。

"谁说的？我有妻子！以前有！"像是被戳中了死穴,素来淡然的王杏竟"噌"地一下坐直了,梗着脖子挽回身为男人的尊严。

"以前？多久以前？几百年以前?"苏简妮的阵势也丝毫不弱,高声喊道,连珠炮似的向他回击。

王杏依然把胸膛挺得高高的,一副输理不输阵的样子替自己辩解:"五百多年前有的。"

还真是上百年的陈年旧事!

王杏以为白瑾这只小狐狸肯定另有所图,谁料最后居然没有任何索取。

原来思念一个人,真的可以跨越几百年的时光……

【2月21日】

　　我看着你伏在桌上熟睡的模样,心里在猜想,其实你并没有入睡,你知道我在看着你,甚至知道我在想什么,我知道什么。我成了一个观察者,一个沉默的观察者。你把曾经指使白瑾做的事情轻描淡写地一笔带过，仿佛与你无关。我很好奇，如果那天她的阿叔没有来找她，你会不会真的就这样把她送入你所编织的幻境里？

【苏简妮】

第五章

名字

1

一场雨驱散了夏季的炎热与躁动。苏简妮竟意外地喜欢上了这种孤独宁静的充实——日落余晖拥抱下的图书馆里,素面朝天地翻阅关于语言学专业的图书——这种生活方式是她以前绝不会选择的。

"我回来啦!老板,你们学校旁边的那家馄饨店出新品啦,我就买了些尝尝!喂——人呢?"回到店里时,苏简妮在屋子里没有看见王杏,也没有看到天竺,只有檀香在铜炉里丝丝袅袅地轻吐而出。她拎着汤盒在一楼转了一圈,终于在后院里看到了二人的身影。

　　王杳神情慵懒地坐在院里的秋千上,享受着他的暑假。他
穿了一件纯灰色的T恤,于腕上的手表反射出黄昏最后的光线,
照得苏简妮有些晃眼。一旁的天竺许是坐得久了,脑袋不住地
左右点起来,面前的茶盏里虽然盛着清茶,但热气已经消散。
那棵梨花树的花朵似乎从未凋谢过,只会时不时零星落下几片
白花瓣,譬如这一片就正好落在了天竺的帽子上。美好的气氛
让苏简妮的心里闪过一个念头:如果能一直留在这里该多好。

　　"归属感"真是种潜移默化的感觉。苏简妮掐指一算,来到
言叶已将近一年了。

　　王杳扭过头,把手搭在椅背上,看见苏简妮走近,他故意把
尾音拖得老长老长,懒洋洋地问道:"你去哪里了——天竺说她
的肚子都饿瘪了。"

　　苏简妮看着他一副讨饭的样子哭笑不得,到底是谁饿?她
不以为意地将饭盒递给王杳,说:"抱歉,忘记说不用等我吃晚
饭了,今天去图书馆待了好一会儿,所以回来晚了。"

　　王杳转眼间又将那一摞饭盒递交到天竺手中,笃悠悠地对
苏简妮道:"我刚才让天竺买了几个西红柿,正好,你去撒点糖
凉拌一下。"他一脸的理所当然,连声音听起来都有些欠扁。

　　苏简妮丢给他一个白眼:"大老板,那您干什么了?"

　　王杳不慌不忙,推了推眼镜,眯起眼睛自豪地宣布:"我委

托天竺去买西红柿,再委托你凉拌一下。呐,我委托的,本人亲自委托的。"说着,一扬下巴。

苏简妮啧啧一声,摇了摇头,不禁想起上学期他的公共课上,有不少追赶潮流的小姑娘私底下把他称作"王杏欧巴"。真是群不谙世事的小丫头片子啊……苏简妮在心里默默呐喊,她们一定不知道她们口中温文尔雅的老师其实是个腹黑的笑面虎。

一切如往常一样,饭桌上的拌嘴成了一天的调味料。当苏简妮看到手机屏幕上显示前男友的电话号码时,诧异地快要从吊椅上摔下去了。

"为何不理会它?"准备送入嘴里的馄饨停在原处,王杏看了看苏简妮反常的举动,问道。

"打错了。"苏简妮淡定地坐在桌前,把筷子头咬在嘴里,面不改色。

手机又开始"嗡嗡"作响,闹得愈加欢腾,就差在饭桌上一圈圈旋转起来。王杏看似随意的目光游移在发亮的手机屏幕上,斜了一眼又一眼,他一副欲言又止的模样,而苏简妮的脑子也已经出现了持续的空白。两个人之间弥漫着莫名其妙的尴尬。

"你从未说起你的朋友,怎么忽然……"

"他不是……我不认识……"

憋了半天,两人同时开口,又同时住口。

又是一阵可疑的沉默和尴尬……

一根筷子伸到了王杳的碗里,戳了一只最大的馄饨之后又小心翼翼地撤回到碗里——在那两个人陷入沟通僵化的局面时,一旁的天竺专注地吃完了所有的馄饨,还窥伺起王杳碗里的。

王杳索性将碗推到了天竺面前,平静地补充完方才未说完的话:"你来这里之后,甚少听你谈起过你的朋友,也从未见他们来找过你。"

"你不是也一样?"苏简妮已经学会把话语作为挡箭牌,反问道。

"每个生灵都是孤独的,只看你怎么理解孤独的定义了。"老板淡淡地解释道。

苏简妮攥着手机,先回答了王杳的疑问:"我来这里,是想摆脱厌倦的生活,跟朋友简单打了招呼,就离开了。我对他们也没什么重要的,无非少了个吃喝玩乐的人罢了,散了也就散了。"

王杏眯了眯眼睛,指着发亮的手机屏,问:"那这个呢?"

一撇溶溶的月影依稀可见,苏简妮趿上了拖鞋,披了件衣服走到楼下的小院里,人在月光里浸了个透,被浸得遍体通明。苏简妮以为自己会冲向两个极端:把电话里的这个人揍一顿,或者与电话里这个人旧情复燃。然而,她诧异此时的心境竟能这般明晰,仿佛从来没有如此清醒过——自己早已获得了一种充实感,这种充实与他人无关。

她本想以沉默的方式让这件事过去,权当自己没有看见那个来电。在转身进屋的时候,手机屏幕又闪了起来,是一条短信。

果不其然,那人换了一种形式,旨在彰显自己的执着。

苏苏,我想跟你见一面。短信上的字如此显示。

叙旧就算了,我最近很忙。她回绝。

拿着手机,苏简妮拉紧了披肩在屋外站了片刻,以为对方不会再死缠烂打地发来消息。谁料该来的还是会来,拉开门的瞬间,一条新的信息挤进了屏幕里,字数虽少得可怜,却足以让她第一时间想见到这个人:苏苏,我想请你帮一个忙,是关于你老板的。

2

一年之后,这个混蛋重新出现,苏简妮实在难以对其抱有什么好感,在她看来,这是一场"输阵不输人"的战斗。当她郑重地打开化妆包时,却发现粉底液已经干了,黏在粉盒的壁上,绷出了一道道细小的裂痕。

连粉底液都已经过期了啊……苏简妮喃喃自语。

下班的点一过,苏简妮便开始对着镜子火急火燎地涂脂抹粉。

王杳坐在后面的沙发上,淡淡地斜了她一眼:"你已经很久不化妆了,今天这副打扮是去哪儿?"抬起茶盏呷了一口,他面无表情地问。

苏简妮专注地对着镜子修眉毛,只略略看了那边一眼:"去见一个人。"

"这都几点了?"

"五点多而已,还早得很。"

"去见谁?"王杳问得漫不经心,脚已经踱步到苏简妮的身后。

"去见一个关乎你我秘密的人。"苏简妮挑衅地眯眯眼,故意用发狠的语气地回答。

"你和我有什么秘密?"王杳站在她身后,看着镜子里的苏简妮挤眉弄眼,忽然觉得好笑——她手里细长的笔杆子在眼皮上来回移动,每移动的一下都要戳到眼睛了,可每一下都准确无误地在必要的位置上发挥作用。

"你这是在做什么?"不愧是做研究的,王杳只差没举手发问。

"勾眼线……"

土杳不禁叹了一声："你别说，你的这根笔吧，每画一下感觉根本没什么用，画完了倒是还挺好看。"

苏简妮回头，白了老板一眼，画好眼妆的双眼更加大而有神了，所以那个白眼也更具有了杀伤力，她"哐"地一下猛起身，王杳猝不及防被她逼退到沙发上。

"干什么？"王杳有些乱了阵脚，向后微仰的身体语言透露了一瞬间的慌乱。

苏简妮忽然伸出双手扣住王杳的双肩，从他的眼镜中映出一副气势逼人、妖娆勾魂的妆容，她渐渐伏到王杳的耳朵边，煞有介事地悄声道："这是一场战斗，一场守住言叶秘密的战斗……"

"……什么乱七八糟的？"王杳抽出手来在她头上揉了一把，轻易地夺回了掌控地位，"不许去。"

"啊呀——"一声，苏简妮一个趔趄，强大的气场瞬间破功。"我的发型！"她不甘心地理了理头发，以为自己听错了，"我还没说见谁，怎么就不许去了？"

"你现在说话挺硬气。"王杳绷着一张扑克脸，"我知道你去见谁，不许去。"

心虚什么？找前男友关他什么事？

"老板，我已经下班了，不会耽误工作的，而且……"苏简妮的脸上忽然浮起得意的笑容，像是握住了老板的把柄，她环着手臂反问道，"老板，既然你知道我要去见谁，那你一定也知道和这个人有什么过节了？"

气氛忽然变得安静，王杳向前伏了伏身体，把胳膊肘抵在膝盖上，双手交叉在一起又放开，他的唇角抿成了一线，隐隐露出几分怒意。

心知肚明，却谁也不说破。

"我该拿你怎么办呢……"王杳吃了哑巴亏，沉沉叹了一句，最终拗不过她，只得放人，"……开车去吧。"

都市的夜色，咖啡厅里，还差几步路的距离，苏简妮已经看到了前任的背影，他坐在靠窗边的双人座位里。

前任名叫季赫，目前做翻译工作。

这个人也真是奇怪，苏简妮回想起来，分手前，说他的外语水平大概到五六年级的程度就算抬举他了，时隔一年居然能把英语说得跟老外一样溜，真是不得不感叹语言环境的重要性。

"好久不见。"苏简妮从他身后绕了过来,把手包往靠背上一挂,一屁股坐下,冷睨了对面的人一眼。

"好……好久不见,苏苏。"季赫笑得有些拘谨。

一阵没缘由的恶寒,苏简妮立刻打断他的话:"别,别,我听着别扭。"

"这一年多我去了国外,现在是放假,我回来看看你。"

"嗯,我在这儿呢,你看吧。"

"你还在生我的气?"

"你说呢?"

"苏苏,我……"

苏简妮立刻打断他的话:"别苏苏、苏苏地叫个没完,听着膈应。"

对方有求于她,换了个称呼再度开口:"Janie,我……"

"噗——"一口水喷了出来,苏简妮听到季赫把自己称作Janie,忍不住就想到一个人——王杳。Janie这个叫法经常从那个人的口中冒出来,如今换作了前任叫,总觉得有些别扭。

苏简妮不想一见面就在称呼上纠结个不停,还是允许他以"苏苏"相称。她伸出两个指头,单刀直入地问道:"第一个问题,你为什么会和我老板认识? 第二个问题,找我帮什么忙?"

来了一位服务生打断了他们的对话。他拿来一张酒水单交给季赫,指了指右下角的空白处,礼貌地说:"先生,您好,这是您刚才刷卡的回执单,确认后麻烦您在此处签字。"

季赫含含糊糊地接过单子,从怀里掏出一支钢笔,手停留在签名的空白处却迟迟无法落笔,他嘴里喃喃:"签……我的名字?"

服务生确信地点了点头。

"啊对,我的名字……我的名字……"季赫略略应和道。

服务生以为自己的话不清楚,又指了指空白处,说道:"先生,在这里签。"

"好、好……稍等……"

苏简妮端起的咖啡停在了唇边,季赫局促不安的举动越来越令她费解,只见他迟疑了许久,终于从怀里掏出一叠名片,把名片上的字原封不动地抄在了清单上。苏简妮放下茶杯,微微探起身体凑近了些,那名片不是别人的,正是季赫自己的。

147

同样费解的还有一旁的服务生,既然是签自己的名字,为什么还要特意拿出名片对着抄写?服务生又开口:"先生,是签您自己的名字。"

苏简妮为他解围:"这是他本人的名字,他前几天刚从脑科出院,记忆力还没恢复过来。"说完,她指了指自己的头。

服务生的表情虽然将信将疑,但最后还是致谢离开。看到他走远,苏简妮说:"季赫,你刚才搞什么鬼?"

"'季赫'是什么意思?"他问。

"哈?……"苏简妮蹙着眉,"'季赫'是你的名字啊……你故意的吧?"

"季赫……季赫……"他的眼神忽然变得涣散,失了神般喃喃着这两个字,"这是……我的名字吗……"

苏简妮伸出手在他面前打了个响指,说:"喂,回神。"

季赫的目光跟随着苏简妮的声音终于聚在了她的脸上。

直觉告诉她,这是反常的。

这小子显然是招惹了王杳,她的老板性格古怪,指不定对他做了什么。

"看在我们相识一场的分上,能帮你我尽量,帮不了你也别不乐意。"虽然感到隐隐的不安,但她还是以一副胜利者的姿态开口道,"说吧,你想让我帮你什么忙?"

迟疑了半响,季赫组织了一下语言,说出了最重要的信息:"你的老板拿走了我的名字。我想请你让他把我的名字还给我。"

"王杳?"苏简妮不禁叫出了他的名字,除了瞠目结舌,做不出其他的反应——"他拿走了你的名字?"一瞬间接收到的信息量过大,她难以置信地重复了一遍。

心中涌出的疑惑还没来得及梳理好,苏简妮察觉身旁不知何时凭空出现了个人,抬眼看去——修长的手指,单色的衬衫,细框的眼镜……

"老板?!"

3

苏简妮赌气，霸占了王杳摆在一楼的专用吊椅。就在一小时前，王杳突然出现在她约会的餐厅里，将她强行拽走了。

回到早些之前。

"老板？你怎么跑这里来了？"说这话的时候，苏简妮已经被王杳拽出了方才约会的餐厅。

"不知道。"虽然王杳刚才也显出一丝诧异，但语气还是冷静的。

"老板啊，我都知道了。"苏简妮被他径自拉着向前走，头发在夜风中凌乱,吃了一嘴,还倔强地表达着自己的观点。

"你知道什么你就知道了?"王杳拧着眉头回头看了看她。

"咱把人家名字还回去吧,啊?"苏简妮穿着高跟鞋,只能迈着小碎步走。

"还?"王杳停住了脚步,松开她的手腕,说道,"我又没有'拿'。"说完,他独自向前走去。

"不是啊,老板……老板……你等等我,老板!"苏简妮一把拽掉高跟鞋,拎着鞋,跟在他身后,一通追赶。

周围过往的路人不住地回头观望这场上演在街边的"媳妇追汉"。

懒洋洋的熏香缭绕在屋内,想着刚才窘迫的场景,苏简妮像一只猫一样把身体缩成一团,蜷在吊椅那狭小的空间里。丢人都丢到前任面前了。转念一想季赫所说的话,被拿走名字会怎样? 名字是一种语言符号,可只要组成名字的字符存在于其他任何一个人的脑中,而且只要认识季赫的人都可以准确地叫出他的名字。从某种方面来说,自己的名字其实是给别人用的,那么对季赫自己而言,名字被拿不拿走,又有什么意义呢?

"名字,名字,怎么还呀? 老板把它藏哪里去了?"苏简妮从吊椅里坐了起来,细细琢磨失掉名字可能会有的种种感觉,"苏简妮……王杏……天竺……"她在嘴里嘀嘀咕咕,好像叫出这些名字就能想通似的。

"喂。"苏简妮还深深沉浸在思考中,王杏的声音从背后突然响起,吓了她一大跳——老板怎么又像刚才一样神出鬼没?缩了缩脖子,苏简妮颤颤巍巍地转身望去,老板只裹了件浴巾,就这样裸着上半身出现在她的面前。

王杏也左右张望一番,显然也没有搞清状况,最后把目光落回到苏简妮身上:"小丫头你刚才干什么了?"

"你、你刚才干什么啦?怎么不穿衣服?"语气里虽是怪他耍流氓,但眼睛还是在那副躯体上略做流连。

"这得问你。"王杏像拎小鸡似的一把拎起苏简妮,盯着她的眼睛审问道。

眼睛滴溜溜地转了转,苏简妮恍然大悟,她以为刚才的嘀咕被老板听去了,定是惹恼了五百多岁的老人家,于是人家连衣服都没穿好就跑来跟自己算账了,遂连声讨好道:"我、我不是故意直呼你们名字的!神仙大人您大人有大量,别跟我这个小员工计较了哈……拜托,拜托。"

"敢直呼你老板的名字?嗯?"听了她的"自首",王杏一把松开她,在她的脑袋上轻敲了一下,他并没有生气,可依然给她扣了个罪状——"反了天了你。"

"哦……知道了……"苏简妮护着脑袋,轻轻嘟囔了一句。

不管在私下还是在公共场合,再怎么熟悉,她都不能没大没小地直呼他的名字。

所以,在这一天即将过去的最后半小时里,苏简妮意识到自己发现了一个秘密。当这个秘密与其他的线索连接起来时,她大致猜到了王杳的过去,无非一个浪漫中带着些俗气的剧情:陌璃与王杳之间的羁绊是"名字",只要陌璃开口叫出王杳的名字,不管怎么样,他都会不受本身意识的控制,立刻出现在她的面前。而自己是王杳的初恋情人——陌璃的转世,这就是为什么自己也可以对他"呼之即来"了。至于那些梦境,类似于见到了前世的恋人,前世的记忆也会被唤醒吧……

但,她知道这仅仅只是自己不切实际的美好幻想而已。呵……原来自己一直是个替代品……想透彻了,倒是让她坦然许多。

借着从窗帘里漏进来的月光,苏简妮看到手机屏幕上反射出自己的脸,她把脑袋向一边歪了歪,又朝另一边歪了歪,理理头发,她打量着自己的脸,心里却将这张脸假想为王杳心心念念的那个姑娘的脸孔:平淡不施粉黛的面孔,温柔的轮廓和现在流行的"锥子脸"相差甚远。于是她把眉毛一皱,压下手机屏幕,再酸溜溜地补上一句:我才不是她的替代品……

4

　　耳边怎么会传来缥缈的铃铛声？苏简妮回想起来,应该是
一个静谧又深幽的仲夏夜之梦吧。古雅的月洞门,精巧的青瓦
屋檐,掩映着月色的石板路,寂寂的走马廊……

　　"一双十指玉纤纤,不是风流物不拈。"

　　你说什么？老板。苏简妮环顾四周,却找不到那声音的来源。

　　脚下一空,仿佛向无尽的深渊坠落下去,像是被卷入了梦
境和现实的旋涡里,苏简妮一时难以分清身在何处,也想不起
前因后果,唯有耳边隐隐残存着王杳的声音,久久不能消

散——"一双十指玉纤纤,不是风流物不拈。"

她猛地睁开了眼,黑夜的幻象倏忽消散。

苏简妮面色凝重地坐在季赫对面。前一次的协商中断,不得已,才有了此时的第二次会面。

"你怎么招惹到我老板了?"她特意绕过王杳的名字,免得某个人又出来瞎搅和。

"苏苏,那时我想出国深造,是为了有更好的发展前景,你应该是理解我的,对吧?"

"理解理解,你拣重点的说。"苏简妮不耐烦地摆摆手。

"所以明明是你和我的事情,为什么我会被你的老板莫名其妙地威胁? 还被拿走了名字?"季赫卖起了委屈,言下之意是"二对一算什么好汉"。

"什么叫'被我老板威——'"话卡在一半,苏简妮顿然醒悟,难道是因为自己和陌璃长得一模一样?"移情作用"对王杳居然有这么大的威力。

虽心里经不住一番暗爽,但苏简妮没有显露于外,轻咳一声,道:"其实我已经问过我老板了,但是他并没有归还的意思。"停顿了片刻,她将"可以走法律程序"这几个字憋了回去,想到了一个更稳妥的办法:"……我还得再想想。"

要不是自己可以看到这家咖啡厅里好几桌都是成了精的动物,她才不会相信季赫所说的话。

"季赫,买卖不成仁义在,我可以试着帮你诊疗一下。"与其说是问诊,倒不如说是为了满足好奇心,苏简妮一副望闻问切的样子开始发问:"没了名字是什么感觉?会影响正常生活吗?"

"感觉……一言难尽,对生活的影响肯定是有的。"

"可总得有个人帮你吧?"

"有……有的……"季赫吞吞吐吐。

苏简妮倒是相当大度:"没什么不好意思的,我们俩的事都过去了。"语毕,她问咖啡店的店员要来了纸和笔,写下了"季赫"两个大大的黑字。她把纸板朝向季赫,用马克笔点了点上面的字,强调:"季赫,季赫。这是你的名字。看,我给你找回来了。"苏简妮记得王杳在课上说过,语言习得的过程是刺激之后反应的过程,说多了自然就记住了。

她实在想不到一个人没有了名字会是一种什么样的体验。

"我可以看懂这两个字,我也可以念出这两个字,但是我不知道它们是什么意思,也不知道它们指的是什么。"季赫气馁道。

"那我现在告诉你,这两个字指代的是你,"苏简妮目光坚定地凝视着季赫说,"记住了吗?"

"没用的……"季赫狠狠地叹了一声,"立刻就会忘记的……我已经试过无数次了。"

"不过话说回来,名字是给别人叫的,别人知道'季赫'是你就行了,就算真的找不回来也没什么影响吧?"

"怎么会没有影响? 我可以说我是苏简妮的朋友,也可以说我是某个大学某个班的一员,但是我不想用别人的名字来定义我自己!"季赫激动地握住拳。

苏简妮张了张嘴,不知怎么辩驳。经过一番自认的深思熟虑后,她想到了一个简单粗暴却行之有效的办法——过了夜里十一点,独闯三楼储藏室。

十一点之前是入睡的最佳时段,养生派的中年人——她的老板,王杳谨记这一点。

苏简妮在一楼听到了王杳关上房门的声音。

除了她与天竺的呼吸声,"言叶"安静得仿佛只剩玫瑰熏香的淡淡的味道。苏简妮拉过天竺,做出一个噤声的手势。在黑黢黢没有灯光的角落,从 iPad 里溢出来的光格外晃眼,苏简妮用一块块符号拼出一句话,翻过屏幕给天竺看:

老板存放名字的房间是几号?

比起直接以人类的语言提出具体的问题,苏简妮觉得以她的语言发问会更为准确,因为语码之间的转换有可能会产生歧义,更不用说解码之后产生的二次解读了。

天竺的触角在黑暗中发出淡淡的银光,回答她:"老板不买卖名字。"

不买卖名字? 苏简妮思忖片刻,再问:"你有没有从老板那里听过'季赫'这个名字?"

"有。"

"老板有没有拿过关于这个人的任何东西?"

天竺的触角忽然在一瞬间熄灭了光亮,她忽然伸手压住了苏简妮手中的屏幕,不让光线从里面透出来。苏简妮被她突然的举动吓了一跳,刚想回头看,黑暗中她听见了身后传来的王杳下楼的脚步声——他来拿走遗落在一楼的玻璃水杯。

天竺把食指压在唇上,也做了噤声的手势。

天竺分明是不想暴露她们的藏身之处,于是苏简妮耳语道:"你知道什么,对不对?"

天竺的触角恢复了微弱的亮光,回答:"老板知道,他什么都知道。你必须相信他,他保护我们。"

"但是你刚才为什么要躲避和隐瞒他?"苏简妮狐疑,把声音压得很低。

天竺摇了摇头,脸上显出迷茫的表情。

苏简妮更加疑惑,难道自己用了天竺不懂的词语? 她从书架后面探出身子,确定王杳不在附近之后打开电脑,想以天竺的语言问她,然而却发现用来建模的词语库中不仅没有"躲避"和"隐瞒"这两个词,就连自己的脑中也不曾有过关于这两个词的符号记忆。隐约之间有种不安,苏简妮尝试用意思相近的词语代替,却无可替代。

一无所获,昨晚苏简妮没找到任何关于名字的瓶子。她走上二楼与三楼间的楼梯,筹划第二次行动。经过王杳的书房时,她透过半掩的门向里头望了望。灯下,王杳披着一件长袖衫,奋笔疾书。

与其像个无头苍蝇瞎摸乱撞地找名字,倒不如直接去套他的话来得快。苏简妮随即修改了第二套方案——她转身去了厨房,倒了杯牛奶出来。

屋里的灯光溢了出来,王杳没有关门的习惯,很容易就能看到他的一举一动,但苏简妮还是习惯先敲门。

"请进。"王杳的声音听上去有些疲惫。

得到允许,她蹑手蹑脚钻了进去,一脚踩进厚重的地毯里。一定是许久没有整理,王杳的书散了一地,小小的空间更显得狭窄,连个落脚的地儿都没有,她只得踮着脚尖,小心地通过"地雷阵"。

王杳停下手中的笔,打量了一眼裹得里三层外三层的苏简妮,调侃道:"夜袭装备不错啊。"

苏简妮白了他一眼:"我是来和平谈判的,不采用武力。"她把牛奶搁在桌上,凑过去问:"还没休息?"

"我手底下这几个学生的论文需要改。"

"你不是个神仙吗……为什么还这么费神费力?"

手中的笔帽轻点厚厚的论文稿,王杳摇摇头,一副"哀其不幸,怒其不争"的表情,慨叹道:"我不亲力亲为,还有谁能救得了他们?"

苏简妮从这话听出了敲山震虎的味道,轻咳一声:"老板,那天的事……是我不对……说话冲了一点,别介意哈……"

王杳把她端来的牛奶喝了小半,从靠椅上起身,走了几步舒展一下僵硬的筋骨,说:"我是无所谓,倒是你,看来你对我的意见一直不小。"

"没有的事!怎么会!"苏简妮摆出了一个灿烂的、暖洋洋的笑容,虽是与王杳对视,可这灿烂而空洞的笑容里却没什么感情,所以这阵对视也成了无声的对峙,好像谁先移开目光谁就输了一样。

"哦?是吗?"王杳绕到桌子前,与苏简妮的距离也缩短了。

直到后来苏简妮总结出来了,她不适合近身战——当王杳靠近她的时候,她便立刻低下了头。为了掩饰自己的羞涩,苏简妮开始用左手捻着右手食指,擦拭方才指尖染上的钢笔墨水,黑黢黢的一块,越看越明显。

王杳倚着桌子,看着她的窘迫忽然觉得很有趣,竟不自觉地拉过她的手,轻声道:"一双十指玉纤纤,不是风流物不拈。"与她的手指相碰触的一瞬间,王杳的身体僵住了——书坊内烛光摇曳,灯影成双,在某个薄凉的夜晚,他对着她说过同样的话。轻轻拂过她手指上的钢笔墨痕,转眼间墨渍便顺着王杳的指尖钻入了他的身体里。

回神,他还给她一双白净纤柔的手。

又是一阵缥缈的铃铛声,这声音在哪里听过……梦里吧?苏简妮脑海中凭空出现昨夜梦境的碎片,须臾的幻象急速向后撤去,她这才从恍惚中醒过神来,在心脏狂跳的夹忙里跟王杏对视一眼,然后毫无招架地低下头,继续摆弄着纤细的手指头,嘀咕着:"特……特异功能哦。"握着与他相触过的手,紧贴在胸口。

王杏低头看着苏简妮眼底跳跃的光芒,回给她一个温柔的笑容。

苏简妮敛了敛情绪,她没忘记前来的目的,于是故作镇定地转过身,背朝他,旁敲侧击地问:"老板啊……你为什么会对名字感兴趣?"

"你有没有听说过名字是最短的咒?"王杏反过来问她。

感觉问出了几分眉目,她又将身子转了过来,与他面对面,壮着胆继续发问:"可是老板,我从来没有见过你收集名字。"

"你说谎的水平实在不怎么高明。"说着,王杏坐回椅子,人向背后一靠,缓缓地伸了个懒腰,"我知道,你想从我这里找回他的名字。"

被一眼看穿了心中的小九九,苏简妮半皱着眉毛一笑,一半是假笑,一半是窘迫。

隔了一会儿,王杳又开口道:"我没有拿走他的名字,那不过是约定俗成的文字符号,我拿它没什么价值,而且我也拿不走,毕竟我不能控制每个人的思维意识。"

"那老板你确实拿咯?"苏简妮抓住了王杳话里的漏洞。

"拿?你是想说'偷'吧?"王杳闲闲地否认道,"我可不会这么没品。是他自己跟我交换的。我只不过换走了只属于他个体的东西。如果你能还回去,我便不阻拦你,也算我成人之美。"

真的没法心平气和地交流了!从昨天下午开始几乎每一次沟通都以不愉快收尾。

"还有,别净想着谈情说爱,倒不如抽些时间多看看书。"王杳随手拿起一本书递给她。

"《意义的意义》……什么鬼……"苏简妮磨磨蹭蹭地接过书,嘀咕着念出封皮上的字。那本书是以深紫色布面装帧的,苏简妮后来依然记得这点。记忆中竟会存留下这么多无关紧要的东西!"好吧好吧,我会看的。"她笑眯眯地答应。

——会看才有鬼咧!

5

夏季悍猛的雨势从天际势不可挡地浇灌下来,滂沱过后,终于迎来短暂的沁凉,可苏简妮坐在驾驶位上一直焦躁不安。本可以赶在天黑之前回去的,谁知竟然吃了一路红灯,一路等一路停,祸不单行,走到半道还遇上了堵车,眼睁睁看着天色完全变黑。

"真是! 从天亮堵到天黑!"苏简妮开着车缓缓向前挪动,"唉哟,有什么抹不开面子的? 非要接下这个烫手的山芋?"挨不住季赫的再三催促与恳求,苏简妮只得匆匆见他一面,让他少安勿躁。隔着车窗,她眼瞅着一只肥墩墩的狸花猫摇着尾巴大摇大摆地超过她的车,恨不得给自己一耳光。"这只狸花猫……"她一眼看穿这是一只潜在凡间的老猫妖,"可真肥哇……"它若是再胖些,估计会卡在麻雀巷平行的窄巷里动弹不得——那里算得上是这个城市最窄的巷子了。

在停下的片刻,脑中总会不经意琢磨起想不透的问题,几个路口等下来,竟可以顺畅地把想间断的疑问连缀起来:王杳真是个宽容大度的老板,自己去旁听他的课属于私事,但他依然愿意把车借给她往返学校和书店,老板的原话是"间接为了教育事业",包括现在这样。

"老板只有一辆车,他借给了我,那他开什么?"

在心里存了很久的疑惑终于得到了答案,事实证明,这个答案可能会出乎意料,甚至是难以接受。

五分钟前,苏简妮停好了车,准备穿过院子里的草坪进屋。弯月被云层遮了半边,只露出了尖尖,泅开出一片朦胧的夜色,院子里不败的梨花树下站着一只庞然大物——一只两米多高的白虎,体型健壮得可怕。

苏简妮淡定地看了那怪物一眼,转身又回到车库里,重复了一遍刚才的动作。

正在睡前冥想的王杳就这么被苏简妮的嚎叫声吓得心脏怦怦直跳。

"哪来这么大的老虎啊?!快打110啊!"苏简妮杀猪般的嚎叫声是从梨花树上传来的。

王杳手持一本装帧精致的书本推开落地窗,走到了院子里。

"老板!你别过来!有老虎!"苏简妮自己被吓得不轻,还不忘提醒别人。

只见王杳从容淡定地打开手里的书本,不疾不徐地轻声读了其中的一页。

伴随着他的朗读声,那只白虎回到书里的同时,天竺从书中出来,她揉着惺忪的睡眼走到了王杳身后。

王杳慢悠悠踱着步子来到梨花树下,对不知怎么爬上去的苏简妮淡淡道:"下来吧。"

"这是什么?"苏简妮颤颤巍巍抱着树干溜了下来。

仿佛习惯了她的少见多怪与孤陋寡闻,王杳淡淡道:"我把我的车借你了,当然得给自己找个代步工具。"

——当妖怪真方便啊,连交通工具都可以是动物……

"不是说这个啊喂!我是想说老虎进去,天竺出来!"一时间没法把语意连贯起来,苏简妮只能张牙舞爪地用手势比画自己的意思。

王杳亟亟伸手按住她的脑袋,将她阻隔在一步之遥的位置:"怎么像在牢里关了好几年才放出来似的?"看着她对未知事物充满求知欲的眼神,他实在不忍拒绝,叹了口气道:"如果你一定要我解释的话,那应该是某样东西不会凭空从书里出来,一定得有另一个东西代替它进到书中的世界。"

"逻辑还真是严谨。"苏简妮认真思考话中的含义,片刻之后,露出了悟的表情——又是这种奇怪的事情啊。她跟着王杳穿过院子,忍不住在心底感慨一声,先是诡异的语言,又是溃烂的嘴,再是活了好几百年的小狐妖,现在是从书中蹦出的一只活生生的大白虎。

生活还真是丰富多彩呢……

王杳转身拉开玻璃门走进屋,边走边问:"你刚才去哪里了?这么晚才回来?"

"要不是你乱拿别人东西,别人也不会追在我后头要债。"苏简妮还未从刚才的惊吓中回过神,亟亟贴在他身后。

"又没人逼着你,没有金刚钻就别揽瓷器活。"王杳兀自向前走着。

他气定神闲的嘲讽几乎让苏简妮有点气急败坏："老板,为什么你这两天说话这么冲?"她几步冲到他身前说道。

"我没觉得。有可能是你想帮你的老相好急过了头,看谁都急眼。"王杳把步子迈得大了些,轻易地又赶到她前面。

云淡风轻的挑衅胜过歇斯底里的辩白。

"老相好?"这个包含着讽刺意味的词令苏简妮又气又好笑,暴脾气终是没压住,一下子被勾了上来,她抬高了几个调门:"老板,有什么不满请你直说。"

火药味从屋外弥漫到屋内。

分明是移情作用在作祟,连打开天窗说亮话的合适理由都没有。

苏简妮指着自己的脸,恼羞成怒地大叫起来:"不好意思哈!顶着这张对你很重要的人的脸跑去跟别人约会。"重重地吐出一口气,不知道为何心情突然变得很差:"对,我是不爱读书,但情商还是在线的,我看得出来,你嫌弃我嫌弃得要命。"说着,她扳起手指头列举起来:"第一,脑袋空空不爱读书;第二,花里胡哨爱打扮;第三,做事鲁莽没主见;第四……第四,爱嚼口香糖;还有……"

"没有的事。"没容她再列举下去,王杳打断她的话。

"你可别否认，你想的什么可都写在脸上了。你记忆里那个叫陌璃的姑娘，应该和我长了一张一样的脸，又是个知书达理、幽娴贞静的大家闺秀。"苏简妮指着自己的脸，不甘心道，"我顶着和她一样的脸，这么大的反差当然让你对我没什么好感。不过哇，她是她，我是我。我的生活再怎么糟糕，那都是我的生活。"说着说着，心中涌出一阵酸涩，堵得心口发闷。

"小丫头别瞎闹，快去睡觉。"王杳伸手拉扯着她的胳膊，因为有些愕然，所以用的力度也不觉大了几分。

苏简妮吃痛，喊叫着："别碰我！"她甩开王杳的束缚，往后退了一步。

"你……"看到她落下眼泪，王杳震惊了，忽然手足无措，哄也不是，安慰也不是。

苏简妮抬起手背揩过腮边的泪，伸出那双沾了眼泪的双手揪住王杳的衣服，颤抖地说："我不是陌璃！我更不是替代品！我、我……"终于打开天窗说亮话，可舌头好似被千钧的巨石坠住，偃旗息鼓地耷拉下来，苏简妮抽回手，眼泪直淌下来。

天上有一片薄云将月亮拦住了，朦胧了一切，二人心中又添了几许错综复杂，忽然都不做声了。

"我对你……"想继续说些什么，当王杳看到她的眼神渐次深黯，一时语塞，反倒是苏简妮先开了口，她只说了五个字："老板……对不起……"

王杳未再开口，只是伸出手温柔地揉了揉她的头发，几百年的时光什么大风大浪没见识过，今日居然为这个小丫头莫名心疼了。转身上楼前，他安慰道："你就是你。"

6

方才争论完，情绪尚未平复，苏简妮草草洗漱完毕，躺回床上。关了灯，在黑夜中她睁大眼睛望着天花板，转念一想，她又一骨碌从床上坐了起来，忽然感觉脑袋发懵——顶撞老师？简直是大逆不道。违抗老板？工作怕是不想要了。

悔恨交加，彻底失眠了。冷静下来细细回想，苏简妮才察觉他俩唇枪舌剑的重点根本不在季赫身上，而是谁激怒了谁，季赫不幸地成为她与王杳争吵的"背景板"，存在感极弱。然而奇怪的是，几次冲突几乎都是因为季赫的名字而起，但结束时的话题并没有如期落回他身上，而是落在了自己与老板之间的关系上，像极了暧昧期达到明朗化的阶段，就等着一根导火索点燃战场,季赫显然无辜地成为这一角色。

苏简妮下床,双脚没有像往常一样踩着厚实的地毯,而是踩住了什么硬而凉的东西,还有些硌脚。她低头一看,那本被她抛掷一旁的《意义的意义》不知何时出现在床边,拿起来翻了几页,看到其中一页画了一个三角形,旁边是一堆晦涩难懂的英文解释,便又搁置在床头柜上。她坐在床边,把两只手插在鬓发里,出着神——王杳对语言这么精通,不可能只是拿走一个人的名字这么简单。他擅长的是用言语操控一个人的意识和思维,不可能只在文字这层表面下功夫。

"季赫,季赫和季赫……"苏简妮在嘴里兀自喃喃,她顺手摸索到刚被弃置一旁的书,找了一页空白涂写起来。"如果第一个'季赫'仅仅是单纯的书写符号的话……那么第二个'季赫'指的是这个名字的意义,"苏简妮把箭头向前延伸,当连接了两个"季赫"时,瞬间明白了,"……第三个'季赫'正是他这个客观存在的个体。"潇洒地一落笔,她把三个不同意义的"季赫"联结成了三角形。

苏简妮醒悟过来,如果出发点都是错的,又谈何寻到结果呢?这就是为什么自己一直找不到存放名字的位置——王杳拿走的其实并不是季赫的名字,而是季赫脑中对自己名字形成的概念。

原来王杳早已经给过她提示,只是自己浑然不知。

翌日一大早,楼梯上传来一阵急促的下楼声,"嘎嘎"作响的陈旧踏板和密集的脚步声组成了不和谐的二重奏。

"Janie,不要在楼梯上跑。"仿佛已经习惯了她的冒失,王杏的话语里已经听不出训责的语气,如今全变成了"可怜可怜我这'年迈'的楼梯"的同情语气。

果然,那脚步声并没有减弱,反倒愈加急促。

"我知道了!"苏简妮伏在楼梯的扶手上,恨不得把半个身子都探出来。

"哦,找到了?"王杏略略看了她一眼,又把目光移回手里的书上。

"我要季赫名字的'概念',装有'概念'的瓶子在哪个房间?"

"旁边,请便。"王杏抬眼,露出一个狡黠的笑,指了指右手边的墙壁。

苏简妮忽然感到一阵心虚,老板怎么会答应得这么爽快,一定哪里有问题……

7

苏简妮与季赫在上次见面的咖啡厅里面对面坐着。就在一分钟前，苏简妮归还了王杳从季赫那里拿走的东西。

"这次是我老板欠你的，也算是我欠你的，没想到他会因为我去找你的麻烦。我帮完你这次，以后你走你的阳关道，我走我的独木桥。"苏简妮刚说完，就发现季赫的表情有些怪异，"你这是什么表情？"

"不是，我想@#￥%&……谢谢@%*&%@……"季赫再度开口，苏简妮已经听不懂他在说什么了。

"哐啷"一声,苏简妮手中的咖啡杯摔了个粉碎——季赫开始出现语码错乱的症状,所说出的话是一堆没有逻辑意义的音节。

纷乱响声引起了周围餐客的侧目和议论。

"你怎么了……"苏简妮震惊,愣在原地。

"我￥%@&*……I*%￥@……can't#@%@%……"季赫虽然努力表达着自己的意思,然而脱口而出的不过是没有意义的音节而已。

苏简妮从中仔细分辨,隐约能从中辨识出几个汉语词汇和外语词汇,其他的无法分辨。

"啊……teng……疼@#……"

苏简妮这才发现季赫一直在讷讷重复着无意义的字句,他说出的任何一句话,长也好短也罢,变成了不同语言的混合体。

这一折腾闹出了不小的动静。不同种类的语言规则都在第一时间争夺季赫大脑的控制权。忽然,季赫伸出手痛苦地敲着自己的额角,表情也随之扭曲起来。他一胳膊扫过桌前的咖啡杯和甜点瓷盘,"哗啦啦"一声接着一声,杯盘碎了一地,狼藉不堪。

"季赫！季赫！你怎么了?"已无暇顾及零乱的语序,苏简妮惊慌地扳过他的肩膀忍不住颤抖起来,看着季赫的眼睛,兀自喃喃:"怎么回事……我不是把他名字的概念还回去了吗?怎么还会这样?"

　　季赫被送去了医院,在那里,苏简妮见到了季赫口中那个一直帮助他"打理不便"的助手——一个化着浓妆的女人。

　　苏简妮扯出一个微笑,看得出季赫喜欢的口味,那姑娘影沉沉的大眼睛,猩红厚重的嘴唇,正是她曾经的风格。

　　"医生怎么说?"那个女人斜睨苏简妮,质问道。那漂亮的眼睛很不友善,总含着某种挑衅。

　　"做了CT,可医生说看不出有什么问题,刚打了一剂镇静剂,在睡觉。我想应该是语言的混乱造成了季赫的思维混乱。"苏简妮回答。

　　"你们对他做了什么? 为什么会变成这样?"女人扣住苏简妮的手腕,兴师问罪。

　　"我……我不知道啊,我归还了他的名字,可不知怎么就成这样了。"苏简妮着急一跺脚,提议道,"你在这里等我,我去找我的老板问一下,他一定知道缘由。"

　　女人并没有轻易放她走的打算,阻拦道:"不行,我和你一起去见见你所谓的'老板'。"

苏简妮拗不过她，只得带她一同前往言叶。

"一个书店怎么会在这么偏僻的地方？"拐进巷子里，那女人有些起疑，半信半疑地走了几步之后，停下了脚步，"等等，你想带我去哪里？"

苏简妮眼瞅着书店就在这条巷子的里面，伸手指给女人看："喏，就在前面。"她确信从她们站的地方可以隐约看见言叶的牌子，可那个女人却偏说没有看见，无奈，她只得加快脚步朝里走，边走边说："言叶是我老板的家，所以地方有一点偏……""僻"字还没说出口，再一转头时，已经不见了那女人的踪影。四下张望了好一阵，苏简妮以为那女人是害怕得逃走了，可是她们两人的位置已经在这条巷子的中间了，那女人的脚步再怎么快，也不可能一转头的工夫就跑出半条巷子的距离。

苏简妮顺着巷子一路狂奔到店前，门上的牌子已经被翻成了closed，她抬起手腕看了看表，已经过了五点。推门而入时，王杳正悠闲地沏茶，茶壶里飘出淡淡幽香，今天他选了上好的茉莉花茶。

"老板，季赫他——"苏简妮喘着粗气，夺过王杳手里的茶杯一阵牛饮，根本没有在意他的脸上写满惊愕。待到放下茶杯，她一抹嘴："对对对，暂不说你是因为把我错当成陌璃而拿了季赫的名字。是，光就你为你的员工打抱不平，跑去找对方算账，这点我真的已经很感激老板了。可是……可是现在这件事已经过去了,我这个当事人都不介意了,你为什么还要揪着他不放?"

"你不介意那最好。"王杏从错愕的情绪中恢复过来——这么久的相处,对她豪放的举动早该见怪不怪了。

——难不成是自己的情报失误?苏简妮忽然意识到问题的关键点,小心求证了一下:"老板,我归还错了东西,是吗?"

"没有还错,只不过,他说谎了。"提壶,王杏一脸冷漠地向她的空杯里又续了茶。

拌嘴归拌嘴,苏简妮也毫不客气,大爷似的仰头又是一顿猛灌:"你这个人说话能不能不要总说一半啊!""哐"的一声,她把茶杯压得重了些,以表示对这般吊胃口的说话方式的不满。

"如果你一开始就认为我是个强取豪夺的恶人,那么我说得再多又有什么用呢?"

"你这个醋吃得有完没完啊!人家脑子都不太正常了,你还在这里莫名其妙地吃醋。"苏简妮被激得一跳三丈高。

"谁吃醋……"王杏说着把下巴骄傲地一扬,转椅背过身去。

苏简妮分明感受到了极度怨恨与愤慨的目光。

8

　　隔着一条马路,苏简妮望见一双略带挑衅的眼睛,那个女人也从川流不息的车辆的缝隙间朝她看过来。季赫的语言功能已经错乱,此时坐在咖啡厅里和苏简妮面对面交流协商的人正是他的现任女友。这个女人不仅知道事情的始末,更知道其中的细节,因为她是这盘结错杂的链条中的第一环。

　　"你们这家店到底搞什么鬼?"和这个女人的每一次见面,第一句一定是以她十分不友善的质问开始。

　　"昨天下午我以为你在半途中就走了。"苏简妮硬着头皮回答道。

"走的人应该是你吧?"那女人有些生气地环住胳膊,仿佛不想在这种无关紧要的问题上纠结,她没有再追问下去,而是切入了主题,"你不想去国外发展,但是季赫想,我也一样。去国外我们俩都会有更高的平台,我们俩的目标是一致的。"

苏简妮扯出一个附和的笑,看着对面那女人精致的面孔,实在让她觉得顺眼不起来——五官凑到一起好看是好看,可总透着不可言喻的攻击性。

"可以理解。不过我并不打算翻旧账,倒不如直接解决正事。"苏简妮深吸一口气,"我代表我老板来谈判。"她替自己找了个台阶,与其说自己的老板因为私人问题撂挑子不管了,倒不如说自己是被派来的代表。"很简单,我问话,你来回答,合适的话,我老板同意让季赫恢复正常。"

对方点了点头。

"好的,那么开始吧。"苏简妮理了理衣服,正襟危坐,开始问,"季赫从我老板那里拿走了不属于他的东西,这个东西,你知道是什么吗?"

"知道。"

"所以你们俩联合起来打算空手套白狼?"再平静的语调还是显露出一丝起伏,苏简妮立刻意识到自己并不是一个很好的谈判者。

"但不是他拿走的,而是换来的。"

"换?"苏简妮的心中已经猜到了八九分,只是她想再确定自己的答案,遂问,"他换了什么?"

"说外语的能力。季赫要去国外发展。"

我就知道! 苏简妮咬牙握拳,从鼻孔里哼了一声,她忍住鄙夷和恼怒说道:"好的,也就是说他与王老板做了一笔交易,用自己名字的概念换说外语的能力,对吗?"

对方默认。

"那么,下一个问题,"苏简妮搅拌起面前的咖啡,放缓语气道,"你知道季赫回国后来找过我吗?"

"知道。"

"他那次来找我,是想让我帮忙找回他的名字。"苏简妮慢悠悠地摇动着手里的搅拌勺,眼神里满是轻蔑,"不过呢……他却闭口不提'交易'这件事,害得我像个傻子一样被耍得团团转,以为是我老板有错在先夺了人家的东西。"

"是不是把外语能力还回去,季赫就能康复了?"那个女人根本没打算从自身反省。

"理论上是这样没错。"苏简妮眼睛向她一瞥，没多少好气，"不过呢，你的男友颠倒是非在前，出尔反尔在后，利用、欺骗朋友也就算了，居然还挑拨我和老板之间的关系。"苏简妮强硬的气势把对面的姑娘堵得哑口无言，缓了缓语气，她宣布结果："不急，这我还得找老板商量商量，这又不是在银行交易，想存就存，想取就取，有些交易是不可逆的。"

太阳已经偏西，把人影拉得老长，白墙黑瓦上裹着金灿灿影沉沉的一片。谈判结束，苏简妮回到书店时，王杳正眉头紧锁地对着电脑一顿狂点——笔记本电脑被王教授连续摧残了一下午，将近五小时强制性、大功率、高强度的运作让CPU烧到死机，终于罢工了。

"这个电脑已经病入膏肓了。"神仙大人对这台电脑下了诊断书。

"老板你跟一台机器较劲儿还较得这么理直气壮的？"苏简妮绕到王杳的电脑屏幕前，斜了一眼满屏幕密密麻麻跟乱码一样的英文，郑重地汇报："老板，您老人家派出的代表已成功归来。"

"搞清楚了吗？"王杳抬起头，声音平平的。

她原以为老板会先来一番数落，谁知开门见山，反倒杀得她束手无策。

原来王杳早在一年前就和季赫见过,也就是苏简妮被季赫甩掉的第二天。她顶着这张和他的初恋情人一个模子刻出来的脸,怎么可能不会让他移情?没想到老板反被季赫抓住软肋利用一番——完成一笔对人类来说根本不可能的交易。

没想到老板也有意气用事的时候。想明白了这点之后,苏简妮一时间竟不知该感谢他还是讨厌他——感谢他去找季赫算账,还是讨厌他把自己当作陌璃的替代品?

"嗯、嗯……谢谢老板。"纠结片刻,苏简妮还是决定感谢他。

"谢什么?"王杳一本正经,明知故问。

"谢谢你为我抱不平。"说这话的时候,苏简妮时不时抬眼瞅瞅王杳的反应,又几次害羞地低下头去。

"还有呢?"王杳不仅心安理得地接受对方的谢意,而且还不满足于此。

"还有……对不起,错怪你了。"苏简妮搔搔鼻尖,小声道歉。

"年轻人觉悟挺高。"这下王杳终于满意了。

"好好好……"苏简妮挤出一个僵硬的笑容接纳了老板的"赞赏","老板,我还有一个请求。"

微微一抬手,王杳轻笑,仿佛早已预料到她要提的要求:"说吧。"

【6月7日】

你记忆中那个和我长得一样的姑娘是个怎样的人呢?她贤良淑德,宽以待人吗?

如果她被人欺骗或利用,会怎样选择?宽恕,还是以恶制恶?

我向你提出的请求暴露了我性格中的灰暗面:请你暂时不要收回那个人从你这里换走的外语能力。虽然我最终也会选择原谅,但我不是什么"傻白甜",也不是"圣母"——他需要惩罚,也必须被惩罚,那么,惩罚者的角色该由谁担当呢?

【苏简妮】

第六章

习惯

1

苏简妮告假几天回了一趟老家,等到她再回来的时候,发现院子的门不仅锁着,就连书店门上的挂牌都被翻了过来,上面写着:closed。一摸口袋,她无奈地发现自己没有带钥匙。反复敲打着窗户,里面没有任何反应,于是她拿起手机想打电话。

可是这两人根本没有手机啊!

苏简妮压制住狂躁到随时爆发的脾气,将凌乱的短发向后一拨,又着腰长吁一口——这家破书店到底是靠什么存活到现在的啊!

徘徊在巷子口,不远处是繁华的街道,行人不断,苏简妮低头将脚下一颗石子踢得滚了几滚。又从口袋里掏出手机,所有的光线就从巴掌大的屏幕里追逐着、驱赶着冲向外面,手指滑过屏幕,向上推,又向下拉,来来回回十几次。

什么年代了,居然不用手机? 她想,最终还是压掉了手机屏幕的光,揣进口袋里,继续等着。

在一个多小时之后,苏简妮终于远远看到一个穿着白色T恤的身影渐渐向她靠近,眼前一亮,终于看到了救星。憋了一肚子的气在捕捉到王杏的身影之后瞬间消失了,跟认亲似的亮着嗓子大老远就喊:"老板! 老板!"

"来迎接你老板?"王杏来到她面前。

"我……没带钥匙。"苏简妮窘迫地挠挠头。

"离开这么几天记忆力也不行了?"王杏从口袋里抽出手,一手接过她的行李箱,一手在她头上揉了揉,"等多久了?"

苏简妮低着头喃喃道:"也……也没多久。"

"几点钟到的?"王杏紧接着问。

"四点多。"苏简妮如是回答。

王杳知道,对付苏简妮这种自以为成熟的小丫头,只需要换一个问法,她就全招了。

"所以你就在这里硬生生等了一个多小时,也不去学校找我要钥匙?"

"我……我以为你在上课……"

终于进了屋,苏简妮甩下行李箱,顾不得满地纷乱的书堆,她勉强搜寻到一块空地,成大字形趴在了一楼厚重的地毯上,筋疲力尽到不想动弹。

王杳从容地在她身边走动着,随意拾起她身边的几本书,说:"其实你可以去学校找我,没关系的。"

苏简妮被踩中了雷区,即使筋疲力尽,她还是倔强地将头拧过去,杀气腾腾道:"老板,我才发现你和天竺两个人根本不用手机!"

王杳在书堆里落座,那些堆叠的书本宛若一个王的宝座,他跷着二郎腿坐在里面,理直气壮地表达自己的观点:"不会用,盯屏幕盯得我眼睛疼。"

"不会用……"话到嘴边又吞了回去,她眼睛一亮,仿佛找到了突破点,遂将话锋一转,道:"那你的学生怎么找你?"

"我学生？做学术这种事就是靠自觉，我是他们导师，又不是保姆。"

"你这是散养啊？"苏简妮把脸转了回去，贴在地毯上，懒得跟他抬杠，"老人家，你总有一天会因为不用手机而后悔的。"

二人的谈论吵醒了天竺。

看见她睡眼惺忪地从二楼走下来，苏简妮对着她就是一顿鬼哭狼嚎："天竺啊——我在门外敲得手都快残了，你怎么就是没听见啊？"

"老板让我睡觉的时候锁门。"天竺一脸不明所以，指着王杏，电子语音器代替了她的声音，一字一顿，发音清晰，语气没有起伏，更像是在嘲笑苏简妮这个倒霉的可怜虫。

苏简妮皱着眉，木木地把脸转向一旁的王杏："把笑憋回去……"她又转回头对着无辜的天竺赞同地点点头，挤出一个如三月春风般的笑容："嗯，好习惯。"摸了摸天竺的帽顶，又说："大竺乖，要听老板的话哦。"

此时的天竺正低头看着苏简妮，她看见这个大姐姐的背后散发着慈母般的光芒，同时也在冒着烟，好像什么东西在燃烧……

苏简妮骑着椅子坐了下来,就在她盘算着要不要给这两个"远古生物"购进两部手机的时候,木桌上那部百年不响一次的老古董电话发出刺耳的铃声。

接听电话的人是王杳,简单地说了几句,他放下听筒转过身来。苏简妮察觉到他的表情有些凝重。

"发生什么事了?"她一眼不眨地盯着他。

"是学校里的事,"王杳低沉而简短地把电话里听到的消息重复了一遍,"我的学生和院里另一位老师的学生的毕业论文初稿有极高的相似度。"

2

翌日清晨，王杳急匆匆地准备去学校处理昨天的问题。苏简妮一脚陷进深红色的地毯里，脚边隔着高高垒砌的书，她伸长手臂去够台子上的铜葫芦。"说没说谁剽窃谁的文章？"她一把抓住香炉上的扣环，问道。

"还不知道，我现在去学校看看。目前院里给出的记录显示，开题报告答辩的时候两个人的选题是不同的，我的学生中途在没有告知我的情况下换了和那个学生相似的题目，今天论文一审的时候，院里发现他和那个学生的内容几乎一样。"王杳的平铺直叙令苏简妮觉得他只是在转述无关痛痒的事。

王杳习惯于向对方陈述事实,而不是发表自己的结论。显然,苏简妮意识到现在的证据对王杳和他的学生不利。

苏简妮添了一片茉莉香,把铜葫芦搁回原位。她想打听更多,却又不敢打听,倒不是因为真的感兴趣谁是那个倒霉鬼,而是想知道更多他的另一种身份。走到收银台后头,她随意拨弄了一阵,才开口问道:"你的哪个学生?"她回想着和王杳带的研究生一起听课的场景,在记忆里搜寻着每个人的脸。

"叶维。"

苏简妮迅速从旁听的课上找到了那张脸,一张不怎么讨喜的胖脸。她抬起头接了一句:"哦——我记得他,就是那个很爱显摆自己懂很多的男生。"

"这些熊孩子,三天不打上房揭瓦,现在出了这事,还得给他们开会绷绷弦。"说着,王杳一脚蹬起皮鞋。

苏简妮带笑斜睨着他:"你不是以'散养'作为你教学的宗旨吗?"

"但前提是大方向和大原则不能变,我鼓励他们在正路上走出有自我特色的人生,谁料居然走到旁门左道上去了。"

"可是你还没有联系他们。"

"你怎么确定我没联系他们？"

"老板你没有手机啊。"

"邮件我还是用的。"王杳认真地回答。

"哦……"苏简妮一脸黑线。

虽然作为旁听生听过王杳的课，但是苏简妮从不与王杳就学校里的事务打交道，除了知道他带的三个学生，叶维、薇薇和叶子——一片绿叶衬两朵金花，别的一无所知。苏简妮与薇薇和叶子勉强称得上点头之交，至于叶维，给她的印象是"爱显摆"和"高傲"，实在令人喜欢不起来。如果不是这次论文抄袭的事，苏简妮可能还没有机会过问王杳学校里的事务。她环视了一圈一楼几个看书的人，便满脸堆笑地迎上去："老板，我能不能跟你一起去？"

"去什么去，好好看店。"王杳拒绝。

"有天竺在的。"苏简妮不肯罢休，使出浑身解数，"老板——我给你开车，我送你去学校。"

王杳嗤笑出来："羊毛出在羊身上，你开的还不是我的车？"

"我、我还可以教你用手机！老板——让我跟你去吧。"觉得这个理由不够充分，她迅速在脑中搜罗更深远更有建设性的理由,一把鼻涕一把眼泪地演着:"老板!我想借这个机会深入了解做学术的生活!我想重返校园继续学习!"

"真的假的?"王杳提着衣领的手停了停,一脸怀疑地偏过头看了看苏简妮。

"真的……"苏简妮使出撒手锏,眼里噙着拼命挤出的闪闪泪光,怕王杳看不到,还特意说:"老板,你看,这是一个渴求知识的有志青年对学术虔诚的眼泪哇……"说完,她指了指自己的眼睛。

王杳一副拿她没有办法的表情,笑着摇了摇头:"好吧,老规矩,到了学校要叫'老师'。"

苏简妮绷直身体,脚跟用力一靠,中气十足地纠正道:"是!老师!"

一声整齐而洪亮的"老师好"把苏简妮惊得躲在了王杳办公室的门外,等声音落下,她朝大开的办公室门口向里望了望,王杳的三个学生一字排开,如同齐整列队迎接首长检阅一般。

王杳扯了扯领带,端着一个杯子大步流星地跨了进来。"老规矩,白开水。"他将手里的保温杯递了出去,"为了你们这帮熊孩子,我的心都快操成粉末了。"

"老师，我们也没调皮捣蛋啊？"苏简妮被那清亮的笑声吸引了去，是叶子的声音。她将保温杯接了过去。

王杏落座，推了推眼镜长叹一声："你们要还敢再做出什么出格的事，我就要与这个世界决裂了。"他特显痛惜地说："要是那样，我从此就淡出学术界，先习得一身刀枪不入的江湖本领，之后再杀回来管教你们，以完成我'教书育人'的夙愿。"

叶子指了指门外，问道："老师，简妮和你一起来了？"

王杏这才想起身后的跟屁虫，他的注意力集中在了他的学生们身上，因为一进办公室就察觉到其中一个学生的异样——薇薇。

"你从刚才起就一直心不在焉，怎么了？"王杏对薇薇说。

薇薇的目光似有似无地避开导师，游离乱瞟："没……没有啊，老师……"

不再细问，王杏将话题拉了回来，他看了看叶维，心平气和地问："叶维，初稿一审是怎么回事？"

"老师，我身正不怕影子歪！"叶维斩钉截铁地回答，吓得一旁的苏简妮往后一缩。

王杏把杯子搁在桌上，也没有半分迟疑地说道："我相信你，可是这事总得有个解释。"他边说，边将一条腿搭在另一条腿上,十指交叉着放在膝盖上。

"王老师,这是我们一起做的课题。"叶维解释。

王杏淡定地坐在靠椅里,将身体向前微倾了倾,盯着叶维的眼睛,用低沉而且缓慢的声音说:"课题可以一起做,可发表的文章没让你们也一起写。"

站在一旁的三人,明显感觉到王杏无形的震慑力。

"我没抄,我不重写,这是我的研究成果。"叶维据理力争。

王杏敛起假装的严肃,无奈地笑了笑:"还挺硬气。"随后,他决定暂时将这个问题搁置在一旁,他用饱含着慈悲的调调说:"唉……我琢磨着有朝一日不在这腥风血雨的学术圈混了,我是开山、种树,还是养鱼呢?"

"老师,有朝一日您要是真混得这么惨不忍睹,不如我们几个就合租个摊位,夏卖阳伞冬卖棉衣,比开山种树轻松多了。您老放心,身为您座下的弟子,我们几个绝不能让你成为空巢老人。"叶子笑着说。

苏简妮挺喜欢听叶子的声音,她的声音清脆,语速也快,音调还比其他人高上几度。

"不请你们吃顿午饭都枉费了这份惊天地泣鬼神的师生情

谊，"王杏理了理领带，拿起衣服，说，"走吧，我请客。"

薇薇小声说道："老师……我今天还有事……抱歉不能和你们一起去了。"

王杏自掏腰包，带着三块"狗皮膏药"进了学校边的一家饭馆。

"啊——饿死了！"苏简妮和叶子齐声干嚎。

"喂喂喂，今天脑力和体力消耗最大的应该是我吧，我都没喊，你们倒在这儿哭天喊地要饭吃，搞得我跟虐待你们似的。"王杏似乎已经习惯了苏简妮这么闹腾，掏出钱包在二人面前晃了晃，"机不可失，时不再来。"

下一刻，这二人满血复活，像两枚火箭炮似的扎到了点餐台拥挤的人堆里。

留下了叶维和王杏。

"老师，你相信我吗？"叶维看着他的老师，问道。

"你是我的学生，我不相信你相信谁？"王杏晃了晃茶杯里的水，盯着那晃动形成的小漩涡，语重心长地说，"至于你和丁元到底有什么误会或者矛盾，这一点我希望你可以妥善解决。"

3

事发前一个月。

叶维所在的301宿舍门外传来一阵"哐哐"的响声,打破了平静的节奏。

"哟,肯定是丁大少,摸门框上的钥匙都能闹出这么大动静。"叶维的室友阿雨被这突如其来的响声惊动了。

果不其然,丁元风风火火地冲进来,一把推掉面前桌子上的零食残渣,"哐"一声把笔记本电脑搁了上去。

"就差一点点,就可以申请结题了。"丁元显得十分激动。

叶维戴着墨镜倚靠在座椅里,舒坦地将双脚跷到了桌子上,桌面上杂乱得像是被千军万马横扫过一般,唯有正前方的一块小窝窝能搭脚。

"你睡着了?"丁元看着叶维的墨镜,不知那镜片后面的人是睡是醒。

"——什么眼神?"叶大少摘下墨镜,眯着眼睛将头向后仰,见丁元闯了进来,说道,"儿子,来得正好,快帮爹拉一下窗帘,这耀眼的阳光快把我的眼闪瞎了。"

"滚滚滚!谁是你儿子!"丁元的话音方落,阿雨立刻敏捷地向后退了一步,让出了一条小道,下一刻只见丁元龇牙咧嘴地扑向叶维……

"唉唉唉——我叫一声'儿子',可是你自己应的啊,你看人家阿雨就没应。"

"我去 你的——!我可没这么膀大腰圆的'爹'。"

叶维一把扯掉耳机,转过身来表情惊恐地问道:"我这叫肥而不腻,什么'膀大腰圆'?"

丁元没有继续接叶维的话,他的余光捕捉到了阿雨抓耳挠腮的动作,阿雨绕回书桌前对着一张表格冥思苦想。

"阿雨,怎么了这是?"

阿雨忽地坐直,把手里的表格揉成了团,义愤填膺:"该拒绝就要拒绝,千万别彼此耽误。"

丁元笑:"这次又是和哪个小姑娘?"

"是和工作单位,你个笨蛋。"阿雨投去鄙视的目光。

"哟,四个字的,日本人哪?"丁元冲着他龇牙一笑。

经丁元这么一说,叶维问道:"你把我家小师妹照顾得如何?"

"薇薇啊? 那小丫头鬼马精灵的,哪需要我照顾?"

"啧,你再不主动点,小姑娘就要被别院的人追走了。"叶维一副恨铁不成钢的表情怂恿道。

"你这个站着说话不腰疼的,和叶子好好过二人世界去吧,瞎操心。"说着,丁元把叶维从椅子上拉了下来,拖拽过来,边拉扯边说:"赶紧地,给我看看论文的这段内容,读起来有些别扭。"

"论文写不出来,硬憋是不可取的,这只能说明书看得少,造诣不够。"叶维换了个位置,晃了晃食指。

"下个月开题,我打算把这个课题当作毕业论文来写。"丁元说。

叶维看了看丁元,说道:"我也有这个打算,只是还没有定。"

"你和你的导师商量了吗?"

"还没有。我们可亲可敬的王杳可谓是'神龙见首不见尾',我只能自求多福咯。"

事发后第三天,周六。

屋里弥漫着懒洋洋的熏香味。苏简妮持着叶维的初稿翻来覆去地看,到底怎么才能证明他是这个题目的作者?盯得久了,不仅容易看跑行不说,连字也变得不像字了。"怎么都九月份了还这么热?"她把文稿当作扇子用劲晃了晃。

"苏侦探,侦查结果如何啊?"王杳踩着稳健的步子走下楼梯,他一边扫视着苏简妮,一边乐着夸道,"对你叶学长的事挺上心啊。"

苏简妮几乎脱口而出:"你都是'泥菩萨过江'了,还管我上心不上心。我要是不上心，叶维的事如果真的坐实了，对你的名声也不好。"

"我相信我的学生。我要是连我自己的学生都不相信，怎么能让那些孩子看到人性最真最闪光的一面？"

"光相信有什么用啊？嘁，真是皇上不急太监急……"苏简妮倚向身侧绣着金丝菊的黑靠垫，顺便给王杳丢了个白眼，这人进入教师的角色倒是非常之快。

"有你这句话，我就可以放宽心折腾你了。"王杳带着飞扬明快的笑容，从精巧的眼镜片后看她。

苏简妮皮笑肉不笑地动了一下，又迅速切回了一个白眼。

"来来来，我要拿出珍藏多年的牛肉干犒赏功臣。"说着，王杳从背后掏出来一包未拆封的牛肉干。

苏简妮眯着眼睛向王杳射去一道怨恨的目光，逞着口舌之快："你珍藏的？几百年前的吧？那是僵尸肉吧？"

"你竟然把你的老东家损得如此体无完肤。"王杳心痛地捂住了胸口，双肩微微地抽动着，上演着一场苦情戏。

偏偏夸张的演技真的骗到了看戏的人。

"别……别呀,老板,我是开玩笑的,没,没那么玄乎。"苏简妮赶紧凑到他身边解释。

移开他的手掌,掩藏在后面的脸根本没有丝毫难过,而是一张计谋得逞后得意的笑脸。

被……被骗了?

苏简妮恼怒,对着王杳就是一顿扑腾。

"——啊呀,年轻人不要这么冲动。"王杳边笑边后退。

丢给他一个结结实实的白眼后,苏简妮轻蔑地"喊"了一声。

"喏,"在把王杳逼退到一排书架之后,苏简妮递给他一个盒子,"送给你的。"

"是什么?"

"手机。"苏简妮得意地双手抱胸。

"不会用。"王杳毫不犹豫地回绝,把盒子搁在一旁。

苏简妮沉默数秒后猛然抬头,用牙缝说:"我教你!!!"

"这是准备上供哪?"王杳倚在书架旁,拉起衣角边擦眼镜边微笑。

苏简妮发出了磨牙声……

"怎么样? 他们俩有没有谁先承认?"她继续侦探上身。

王杳的表情严肃起来:"没有。我真的不希望是他们中的任何一个。叶维是我手底下的学生,我自然不希望是他。可是我更不希望是丁元,虽然他不是我的学生,但是他本人有读博的打算,也有这个潜力,如果在这个节骨眼上出了这件事,他的前途就不乐观了。"一时陷入僵境,他思量片刻,继续说:"既然是还没有经过修正的初稿,有一定会暴露许多作者的语言习惯。"

桂花当令,金灿灿的一簇一簇,扑向鼻尖的都是清香淡雅的味道。一个下午王杳都不在书店,只剩她和天竺,店里冷清到连看书的人都没有。苏简妮索性躺在了沙发上,把叶维和丁元的初稿拿来继续翻看,希望能找到些蛛丝马迹。她看得出他的纠结,她比谁都清楚王杳是个惜才之人。许是盯着稿本太久,她的眼睛有些酸痛,于是把稿本扪在了脸上,阖眼之后脑中还闪过王杳的话,他说,论学术能力,这二人不相上下。

结果对谁都不好啊……苏简妮感叹了一声,慢腾腾地抓起盖在脸上的……咦？一叠稿子怎么变成了一张宣纸？

只见面前坐着一个人，身着青色长袍，一头黑发，一顶玉冠，眉眼弯弯，笑得别有意味。

——老板？这是什么打扮？苏简妮很快认出了对方。

对面的"王杳"忽然文绉绉地开口道："自打跟先生求学之日起，这是第一次看见先生愁容。"

"——老板，你刚才叫我什么？"苏简妮不由自主地想发出声，却在话语出口的瞬间发觉，自己居然发不出任何声音。阵阵桂花的芳香从窗外传来，悄无声息地钻入鼻中，她诧异手脚仿佛有自己的意识，身体居然由不得意识的控制——自己竟端起面前精致的茶盏饮了一口。

喂！这茶有没有毒啊？怎么就放心喝了？苏简妮试图唤醒自己的意识，余光落在手边的铜镜上时，她忽然错愕——自己的头发变长了，还被挽成简单的环髻，连衣着也变成了古色古香的水绿色短衫长裙。视线无端地在一瞬间变得惝恍不清……

原来又陷入梦境了啊，真是的……苏简妮阖住双眼定了定神，再次睁开时视线又恢复了清晰——王杳正笑吟吟地看着她，墨色的双眸深邃含情。只见他起身，拾起她的茶盏自斟自饮起来，纤长的手指灵活地将茶盏转了个边儿，眼睛还停留在苏简妮的脸上，径直仰头饮下杯里的茶水。

他下口的地方,正是刚才她饮过的位置。

——喂,老板,你在做什么?!苏简妮来不及做出反应,面前的宣纸中心居然卷成了一个黑色的旋涡。又看到了黑色,吞噬一切的黑暗,一点-点向外延伸,奇异的吸力从旋涡中心涌来,仿佛要把一切都卷进去。她意识到如果像之前那样任由这黑暗吞噬,就意味着梦境结束了。

……如果这是我的错觉呢?

苏简妮紧紧盯着中心的黑洞,呼吸变得急促起来,一时间竟模糊了现实和梦境的界限,遗忘了自己身陷梦境之中。

……如果我逃离到安全的地方呢?

她开始一遍一遍地暗示自己:我不愿意从这个美好的梦境中醒来,醒了,一切就都不一样了,在梦境里可以和他多待一会儿,就一会儿……我不愿意醒来……

眼看那旋涡越扩越大,迎着气流的利刃,苏简妮努力让自己的意识保持清醒,终于在一瞬间夺回了身体的控制权,她倏地站了起来,冲着王杳喊道:"快!快跟我走!"然而拉起王杳手的一瞬间,她的指尖径直穿透了他的手掌。她又扬了扬手,触碰到他身体的瞬间却扑了个空——原来眼前的王杳是幻象。

"王……"苏简妮一想到不能叫出王杳的名字,旋即改口:"老板——"

"快回来,这不是你该留的地方。"王杳的声音仿佛凌空出现在了她的耳边,虽然他就在她面前,但这话却不是从眼前这个王杳的口中说出的。

苏简妮感到脚下发出微弱的亮光,慢慢地低头,顺着光感的方向看去,自己的身体居然开始破碎成细小的光斑,片片崩散,迅速向身体上方蔓延,她惊恐地翻开自己的掌心,指尖一点点地消失不见……

"啊——",一声大叫,她冷汗涔涔地醒来。睁眼,是书店的一楼。窗外几点疏星,夕照正渐渐与夜色融为一体,意识逐渐恢复,苏简妮回忆起刚才是躺在沙发上小憩的。这时感到手指传来阵阵暖意,缓解了刚才惊吓后身体的冰凉,她顺着手指的方向看去,发现王杳就在她身边。

"老板……我怎么了?"语落,苏简妮才发现自己一直拉着老板的胳膊。

"你没事吧?"王杳俯身问。

这时她才感觉他们两人的姿势极其暧昧,她猛醒过来,连忙放开他的手臂,然而另一只手却一直被王杳握着。

王杳也察觉到了，松开她的手。

方才的梦境从苏简妮的脑中飞速掠过，似乎在暗示她与"陌璃"这个熟悉而陌生的名字产生了千丝万缕的联系。

"我想我……我……"苏简妮有些恍惚，忽然觉得有一股大风刮过她神志不清的脑袋，如千军万马般横扫过去，留下一片狼藉和一个难以回避的事实——自己喜欢上了这个五百多岁的老妖怪。她亟亟改口道："我想我……没事。"看着他紧张的神情，好像对刚才发生的事情了如指掌，她继续说："我没事，就是梦魇了。倒是你，看起来很紧张。"

"你醒了就好。沉迷梦境是一件很危险的事。"王杳把她扶了起来。

苏简妮晕乎乎地坐起身，重心还倚靠在王杳身上，头昏脑涨得没有精力再和他抬杠。"哦"地略略应付一句。

待王杳离开后，苏简妮心里没来由地浮起一丝怪异感，呆了半晌，脚底忽然触碰到了又凉又硬的东西，掀开被子摸索着，原来是睡觉前读的论文稿件跑到了垫脚的枕头下，苏简妮忽然意识到自己睡觉的位置被调了个。她抬眼看了看天花板，视角不同，确信自己在沉睡的时候被移动过。

4

事发前两星期。

宿舍里,叶维对丁元说:"我只能帮你到这里啊,我把薇薇的 U 盘借走了,看看她会不会找你帮忙?"

"你真是幼稚······我就不信她就那一个 U 盘。"丁元无语地斜了一眼叶维。

"哼哼,我做事讲求的是知己知彼,她只有两个 U 盘,我全借走了。"叶维得意洋洋地将两个 U 盘缠在手指上,一圈一圈地转着。

"幼稚……"丁元虽然丢过去一个白眼,心里却有几分感谢叶维这个好兄弟,为了帮他追到薇薇,他连"借东西"这么小儿科的招数都使出来了。

"我都为你两肋插刀到这种地步,你还在一旁对我冷嘲热讽,照你们俩这个跑马拉松一样的速度,到时候我和叶子的孩子都会打酱油了,你俩连手都没拉过。"叶维狡猾地一笑,"走着瞧咯,你不主动点,兄弟我只能帮你到这了。"

事发后第四天。

苏简妮把那篇论文的初稿看了一遍又一遍,陷入了沉思的怪圈。的确,这篇文章读起来令人不舒服。她的脑中回荡着王杳所说的那句话:既然是还没有经过修正的初稿,就一定会暴露许多作者的语言习惯。思绪从问题的本体游离到了一行行整齐划一的文字上。

"我知道哪里有问题了!"醍醐灌顶,苏简妮激动地叫。

一秒也没有多停留,她开着车如离弦之箭般冲到学校找老板。此时,王杳还在上公共课。

终于等到了他下课,哪承想他又被几个小姑娘团团围住,细细一看,人群里边不乏几个男孩子。好容易等到下节课的铃声响起,这群孩子才心不甘情不愿地放过他们的王老师。

苏简妮走在王杳旁边,扯了扯嘴角,带着些醋意问道:"老板,看——"

王杳转过身来,拿手里一本薄薄的书敲了敲她的脑袋,纠正道:"叫'老师'。"

"哦——知道了——老师!"苏简妮把尾音拖得长长的,接着刚才断掉的话说,"看来你挺受欢迎的嘛。"

"你才认我做老师没多久,这么快就有点'反客为主'的意思了?"王杳忽然停下了脚步,苏简妮毫无征兆地撞在了他的背上。

苏简妮揉了揉鼻子,酸溜溜地继续发问:"刚才离你最近的几个小姑娘,我看她们挺喜欢你的……"

王杳一听,转过身,乐了:"爱徒觉得自己的地位受到威胁了?"

苏简妮打断他的话,开始胡乱嚷嚷:"我都在这儿给你当护主犬了,还不招您老待见!"

面对张牙舞爪扑过来的苏简妮,王杳灵活地左闪右闪:"我爱徒少走了人生中的哪一步,才造就了你今天的不正常?"

苏简妮顿时蔫了下来,哼气不屑:"王大夫,诊断出我的病是不是让你特有成就感?"

"一般般吧。"王杳耸耸肩,笑着说。

"你……"苏简妮一个白眼瞪了回去。

"拿着,工资。"王杳把一个信封在她眼前晃了晃。

苏简妮忍不住"哇哦"一声,感叹自己上辈子一定是积德行善了,这辈子才能遇到个"挥金如土"的主。

"你最近晚上休息得怎么样?"王杳继续朝前走。

"被你这么一说……"苏简妮扳着指头算了算,"好像上次之后就再没有梦魇过了,真神奇。"她背着手蹦跳到王杳面前,嬉笑着:"谢老师关心。"

"你来学校找我做什么?"王杳提醒她。

"是! 老师,我想到可以证明叶维清白的方法了。"

"是什么?"王杳又停下脚步。

"我需要他的手机。"苏简妮理直气壮地盯着他问。

"手机？想要他的号码你可以直接去问他要、为何要拐弯绕到我这里来？"

"谁要他的号码！我是说手机！真的手机！"

王杳瞟她一眼，满脸"你搞什么名堂？"的表情。

苏简妮又说："你说过，'既然是还没有经过修正的初稿，就一定会暴露许多作者的语言习惯'。他手机里的文字聊天记录一定可以反映出他的语言习惯，我需要这些证据。"

"你先说你发现了什么？"

"你先问他要嘛，偷偷地就行。只是为了证明我的猜想，而且也可以证明你学生的清白啊。"

"我相信他，不需要证明。"

"那你就是不肯帮我咯？"苏简妮不服气地哼了一声。

"我平白无故要学生手机做什么？"

"喂……你……"一时想不出回击的话，只好向走远的背影投去一个怨气冲天的目光。苏简妮恨不得把他咬个粉碎——"喊，我瞎操什么心……"

越是猜不透的,越是吊着人心痒痒。

苏简妮清楚,顺藤摸瓜找到论文的真正作者,已经不再是单纯地为了王杳,而是满足自己内心的疑惑。得知叶维爱泡图书馆,于是她便预谋从这里下手。只需要看一眼,就可以证实猜想。

安静的图书馆里,除了唰唰的写字声和翻书声之外,安静得连一根针掉落的声音都能听得清清楚楚。苏简妮蹲在最后方的书架前,一边暗中观察着叶维的举动,一边潜伏着等待最佳时机——叶维离开座位的时候。忽然背后伸出一只手在她的肩上轻拍了一下,她立刻"啊"地叫了出来,向前扑了个狗啃泥,随即警觉地压低了音量,一脸恨恨地扭过头。

"你蹲在这里做什么?"王杳低低的声音从她背后传来。

"嘘——"苏简妮回头冲他做了嗓声的手势,又转过头确定没有引起周围人的注意,"小声点,我蹲点呢。"她扭过头不屑地白了他一眼:"某个人不肯帮忙就别乱掺和。"

王杳也顺势蹲了下来,顺着苏简妮的视角望过去,了然:"我学生啊?叶维?"他忽然明白,威胁道:"你个小丫头只许乖乖拜在本师座下,别想打本师弟子的主意,他们还没到出师的地步。"

王杳还想再说，却被苏简妮一个反手捂住了嘴："嘘——这里是图书馆，大师，您想多了。"

"敢拿手捂你老师的嘴，反了天了你……"王杳的声音从苏简妮扣住的手掌中闷闷传来。

苏简妮突然眼睛一亮——叶维起身离开了位置，而他的手机就放在桌子上！她扭过头冲着王杳得意一笑，一个箭步飞上去拿起叶维的手机一顿生猛地操作。

依然藏匿在后排书架处的王杳察觉苏简妮手上的动作越来越慢。过了一会儿，苏简妮的视线穿过一层层书架间的空隙，落到了王杳的身上。

5

事发前一星期。

无预兆地，丁元接到薇薇的电话，她的声音听起来惊慌到颤抖。她在电话里说的话如同一记霹雳，击得他头脑发懵，满脑空白。

"我是好心想替你的U盘杀毒来着，哪知道里面的一些文件就没有了！"

后来叶维说丁元，不知是他真的心大，还是被突如其来的爱情冲昏了头，那家伙借给薇薇的U盘里存着毕业论文的初稿，而且,被删掉的论文没有留下备份……

事发后第五天。

对于前一天苏简妮在图书馆侦查到的情报,王杳不问,她便不说。总之她得到了想要的结果,这事也暂搁在一旁。

初秋的薄风携着芬芳的桂花香穿过大开的窗户,撩动着窗前的风铃,下午五点的钟声似乎在敦促仅有的一位书客把书放回原处。

形状古雅的香炉溢出袅袅的茉莉香气,令闲坐的苏简妮感到阵阵惬意;天竺用手指轻轻戳了戳柜子上曲卷着长花瓣的波斯菊,仿佛想把那些花叫醒。

"天竺,我有些好奇。"苏简妮的十指交叠在沙发扶手上支着下巴。

天竺抬眼,那眼神正在同苏简妮交流:"好奇什么?"

"你跟着老板这么久,对他是什么样的感情呢?"

"我醒着,我睡着,他都会保护我。"

苏简妮虽然已经习惯了天竺把汉语词汇使用得如此怪异,

但此时还是忍不住吐槽——老板真是砸自己的招牌啊……身为一个语言学的教授,四百多年居然教不会一个大脑健全的孩子说话? 还不是得一半靠理解,一半靠猜测。她读得懂天竺的意思——四百多年的相互陪伴早已在他们二人间培养出类似血亲一般的绝对信任。

"不如我们给老板打电话吧?"苏简妮笑着提议道,"问问他什么时候回来。"

电话接通,苏简妮握着电话居然有些慌乱,一时不知道该以什么样的方式开始——毕竟是第一次给自己的老板打电话。还没等王杳开口,她自己都没想明白为什么,就以"晚上吃什么?"作为开头。

话语一出,她立刻哭笑不得,扶着额头在内心感叹一声——我跟我的老板兼老师居然以这么家常的形式开始对话,真是糟糕啊……

那头,王杳把手机夹在耳朵和肩膀之间,对手机使用的方式,他接受得很快。好像已经习惯了这样一如既往、普通得令人觉得家常的问答方式,王杳略略斟酌,不紧不慢地说道:"冰箱里好像还有几个西红柿。"

"都放了好几天了。"苏简妮思忖了半晌,说,"算了算了,我一会儿去超市买一些菜,一起吃吧。"

晚饭时，王杏终于提到了"论文抄袭事件"。

"丁元的导师今天来找过我，这件事有结果了。"王杏说着，其实注意力停留在手机上，他还沉浸在探索新鲜玩意儿的乐趣里。

"是什么？是什么？"苏简妮猛然觉得心中亮起了一朵小小的火苗，急急追问。

"先说说你在图书馆得到的结果吧。"王杏把手机搁在一旁，饶有兴致地看着她说。他已经猜出了她的推论，但还是想听她亲口说。

苏简妮搁下筷子，大大咧咧往椅背上一靠，得意地分享起自己的"破案结果"："你说过，既然是还没有经过修正的初稿，就一定会暴露作者的许多语言习惯，所以我统计了两篇论文的高频词，其中'的'字出现的频率极高，当然我考虑了这个字本身在汉语中就是使用频率很高的字，但是全篇没有'地'和'得'，这就令人奇怪了。这就说明这论文的人可能在写初稿时为了省略，全部用'的'代替，还有一种可能是他没有区分这几个字的意识，也就是说，这种区分意识是后期强迫纠正的，所以他在没有修正意识的情况下才会出现这种情况。那么在他平时非正式场合的语言使用中应该很容易找到这个习惯。"

"突破点不错。"

苏简妮眼前一亮,似乎对王杳识货的好眼光颇感惊喜。

"但偷窥人家手机的举动不提倡。"王杳立刻泼了一盆冷水。

"哦……"苏简妮被王杳一句话堵得气势弱了一半。

"结果呢?证实你的猜想了吗?"王杳语气一转,鼓励她继续说下去。

"嗯,我的思路是对的。"她有点自得地说,"这个区别光靠语音是没办法做到的,只有文字可以,所以我翻看叶维的聊天记录,有一条是他和导师的文字记录,他连标点符号都用得很准确,记录里的'的'和'地'也有区分,说明这是他有意识修正过的文字。但是他和丁元的文字记录里没有区分,他习惯把'的'代替所有同音字。所以我认为这篇论文的作者应该是叶维,你的学生。"苏简妮特意强调了"你的学生"。

"对,你是对的,我今天也是这么被告知的。"王杳推了推眼镜。

闻言,苏简妮忽然泄气:"我折腾这么久,还不如直接等你告诉我结果呢。"说着,无力地垮下了肩膀。

王杳准确地解读出她的身体语言,语重心长地抛出一句:

"结果不重要,你在这个过程里应该也学到不少东西。"

"是、是啊……"苏简妮的目的很直接,其实她更想问却没有问出口的是,这样有没有可能离你近一点?

电话铃突然响起,王杳去接。等他返回餐厅后,一脸平静地对苏简妮说:"薇薇有话要说,是关于论文的事情,你跟我一起去吧。"

6

初秋的夜晚总是凉爽的,凉是温柔的微凉,凉到肌肤上就戛然而止了。

天台上,人影稀疏。

王杳和苏简妮赶到时,看到薇薇坐在靠近护栏的大理石凳子上,面朝着远处闪着五彩光影的霓虹灯。

"这么晚了不回寝室,跑到外头发什么呆?"王杳拎着几罐饮料走了过来。

薇薇霍然回头,见他们二人来了,向旁边挪了挪,腾出些空位。

王杳递给薇薇一瓶橙汁,说:"喏,边喝边说。"

薇薇接过饮料,低着头缄默了好一阵,她把瓶盖夹在大拇指和食指之间,"嘣"的一声将它弹了出去,圆形的瓶盖落地一声脆响,滚了好一阵,最终被护栏的台子挡住停了下来。"老师,说谎的人是我。"见老师不做声,她继续说,"就在上交初稿的前几天,我不小心把丁元U盘里的文件删没了,他的论文没有备份,所以,我,我就悄悄把叶师兄的那一份拷贝出来,改动了一些,给他先应付几天后的检查……"

"丁元拿到你给他的论文时什么都没问你?"王杳问。

"他问了。"薇薇的眼眶有些湿润,"为了不让他起疑,我说我毕竟也是这个课题组的成员之一,私下也有写一写关于这个题目的论文。我是想帮他解决燃眉之急,万一初稿他都交不上,对他下半年申请博士的影响不好……我以为,我以为学院只会查重,不会发现两个学生一样的论文。还有就是……我不想让他讨厌我!"薇薇越说情绪越激动,仿佛把这几日的不安与自责,还有悔恨全部发泄了出来:"可是……可是现在他只会更讨厌我了!"

薇薇呆呆地看向远处。

王杳用手指捏在饮料罐的边缘,提溜起一罐,把胳膊肘搭在栏杆上,面向薇薇语重心长地说:"薇薇,身为你的老师,我欣赏你敢于承认错误的勇气,但身为你的朋友,我认为你需要亲自跟丁元和叶维道歉。"王杳把手中的瓶子摆到薇薇眼前:"丁元的导师今天跟我见面说起这事,你知道丁元怎么说的吗?"

"他怎么说我都可以,我不在乎,这件事的始作俑者是我!可是王老师……拜托你跟丁元的导师说说情,丁元没有抄袭。拜托你跟老师说,他想继续读博的啊!他不能出这样的事!他什么都没做错!"

"如果他真的什么都没做错,就不会接受你给他的文章。"王杳说。

"可是王老师……"对于王杳的话,薇薇一时不知如何辩驳。

"今天丁元的导师这样跟我说,丁元说他不小心弄丢了U盘,初稿又没有备份,叶维和他又是同一个课题组,写的论文题目差不多,于是就打起了这样的主意。"王杳把瓶中剩下的饮料一饮而尽,说道,"他揽下了全部过错,并没有提起你,所以——"

"——所以啊,你们要当面说清楚,这样才能知道对方是怎么想的。道歉也好,原谅也好,都必须要见了面才能说清楚呀。"在一旁兀自听得着急,苏简妮情急之下抢过王杳的话。

薇薇把脸埋在胳膊围成的圈里,深深地点了点头。

王杳友好地拍了拍薇薇的肩膀,给她了一剂定心剂:"你也不用太自责,还好只是初稿,至于这件事的结果,院里会对两个月后的二稿再次审查,丁元还是有机会的。"

7

直到时钟发出浑厚的报时声,苏简妮还赤着脚游走在地毯上,寻找不知去向的拖鞋。

王杳端着水杯走到沙发跟前,见苏简妮一屁股坐在沙发上,他伸手揉乱她的头发:"一个人在找什么呢?"

苏简妮偏了偏头,躲开王杳的手。

王杳将水杯搁在茶几上,问:"你拧巴什么?"

"没有啊……"苏简妮想了一下,语气听上去阴阳怪气。

王杳一脸探究的神色俯下身去,迫使她直视着自己的眼睛:"犯轴?"

苏简妮偏过头缄默不语,因为他离得太近了,脸红得通透,半晌,她岔开话题:"我见了你的学生们,他们很真性情。"

"我的那帮傻孩子们都是做学术的,没多少杂心思。"提起他们,王杳脸上的笑容是发自心底的。

"我打算……"苏简妮突兀地起来一句,欲言又止。

"打算什么?"

"我想参加明年初的研究生考试,如果顺利的话,我想去你在的学校攻读硕士学位。"

"不错的选择。"王杳看了看她,"想研究什么方向?"

"语言学,你研究的方向。"苏简妮认真地回答。

"步我的后尘呐?"

"可是我不想……"

"不想什么?"

"不想成为你的学生,因为……"此时,她单方面觉得气氛出奇的暧昧,不知该如何解释下去。

"不同的老师会有不同的视角,你选择其他的老师有助于打开你的视野,是明智的选择。"王杳并没有觉得不自在,语毕,他瞥了一眼地毯,"鞋呢? 怎么光着脚?"

"不知道踢到哪里去了。"苏简妮先回答了他,再次发问:"你不问问我为什么不想成为你的学生?"

"你想说自然会说,不用我问。"王杳弯下身子,伏到地板上,朝着沙发与地面的缝隙寻觅一番,对苏简妮说道:"你和这双拖鞋是有多大仇? 打算让它们永不见天日?"

在昏暗的灯光下,王杳正在整理书架上的书。苏简妮看到他修长挺拔的身姿,注意到他的衬衣袖子稍稍往上挽了些,转过头,望了眼窗子外头。月亮升过屋顶,发出微弱柔和的光亮,清辉铺洒在院落里,她又把头埋回膝盖里,半晌,又把头抬了起来,瞥了一眼搁在桌面上的眼镜,那是王杳的,但他平时不怎么戴,只有用电脑或看论文的时候才用得上。王杳的眼镜被苏简妮折腾来折腾去,戴上去眼前的景象一下子近了,模糊了,拿下来景象就又恢复清晰了,颇有点收放自如的快意。

"工资,我前几天打到你的卡里了。"王杳在不远处提醒道。

　　苏简妮打开手机查了查数额,盯着银行卡上的工资吞了吞口水,瞠目结舌于老板给出的工资一次比一次高。"老板,为什么给我这么高的工资？你是不是对我有所企图？"苏简妮托着下巴,慢悠悠地故意跟他调笑。

　　"这是你应得的。"

　　"可我不觉得这是我应得的啊。"

　　"拿着,没事的。"

　　"啊,对了,不用给这么多的,我在月初的时候不小心把你的车蹭到石墩子上,蹭花了一块,拿去修了。"

　　"没关系的,车,你放心拿去开吧。"

　　"老板,你是不是……对我们凡人追求的物质生活没有什么概念？"

　　"什么意思？"

　　"直白一点说,大概就是,你对钱是不是没什么概念？"

　　见王杳没有接话,苏简妮也就不打算再继续这个话题,既然是天上掉下的馅饼,安心接着就是。她从沙发上坐起来,摆弄着眼镜,喃喃道:"你是我的老板,也是我的老师。"

王杏将身子向后仰了仰,以便能透过书架看到苏简妮:"所以呢?"

苏简妮搁下他的眼镜,靠在沙发上伸了个懒腰,坦荡大方地承认:"我对你呀……又敬畏又喜欢。"

喜欢本不该太过于坦诚,否则就像是随口说出的玩笑话。

"我很荣幸能对你产生精神感召。"王杏随和地开玩笑,意思是不介意她继续说下去。

苏简妮把双手高高举起,将十根手指交叉起来:"我有时会梦见我和你在一起,是在遥远的古代。"她把"遥远"两个字拖得很长,眼神有一瞬暗了下来。"那个时光对你来说可能只是一瞬间,对我来说却遥不可及。"她轻笑了起来,认真地开着玩笑,"你说,那会不会是我前世的记忆? 因为你说过我和陌璃长得一模一样呀。"

可是,这仅仅只是我自己的美好而不切实际的想法而已。

"不会的,你就是你。我说过不会把你当作陌璃的。"

她不经意地瞥了眼王杏的侧影,说:"我并不认为那些算得上是'梦魇',因为它们很美好,美好到……不真实……"

"既然是梦境,又怎么会真实呢?"

"从梦里醒来的时候倒是真实得很!"苏简妮失笑,"那感觉可不怎么令人愉快。"

"最近应该好多了吧?"

"嗯。"苏简妮侧过身子,把手臂枕在头下,"我啊……不知道从什么时候开始,开始喜欢你了。"

有一位姓山口的语言学者说过:语境存在潜在的歧义,有不同的解析方法,而所谓"笑话"的产生就是用一种解读代替了另外一种解读——显然,王杳认为苏简妮正是属于这种情况。

"一开始我把它们视作梦魇,可渐渐我觉得这些梦境很美好,很漂亮,是现实世界根本不可能发生的事情哇……"她说完,在沉默中微笑了一下,语气里藏不住遗憾与留恋。

王杳捕捉到她的表情发生的微妙变化,不疾不徐的声调里暗含深意:"梦境都是虚幻的,你沉迷在梦里会很危险。"

【9月12日】

为什么我会做那样的梦?为什么我会沉迷其中?

那些梦境和现实之间的界限变得愈加模糊。

有时，当我看到你的脸，我甚至越来越辨不清自己是否清醒。

你问我为什么对叶维的事这么上心，说实话，如果不是因为你，我根本不会在意到底是谁抄袭了谁。此刻，我发现了一个可怕的事实：你做到了，你已经把我成功地拉入你的阵营。

【苏简妮】

第七章

隔绝

1

苏简妮像往常一样悠闲地倚靠在沙发上望向玻璃窗外，漫天飘雪，冰洁的雪花把世界装点成银白色。等到这个冬季结束，她就在这里度过了一年多的时光了。手中拿着一本语言学的书只细读了几页，困意就抑制不住地袭来；既然抗争不过，她索性向睡意屈服。

闭上眼睛后的黑暗以一种诡谲的姿态流动着，恍惚已经陷入了睡梦中，一缕桂花的香气慢慢氤氲开来，流动的末梢还夹杂着院里不凋落的梨花香味。

——我在哪里？嗅着香味,她知道自己离言叶一定不远。眼前飞舞着闪烁的萤火虫和黑黄相间的蝴蝶,她伸出手指触摸眼前的萤火虫,一点,两点,闪烁的光斑在她的指尖飞舞缠绕。胳膊上传来被推搡的真实感觉,她瞬间清醒,睁眼,熟悉的天花板映入眼中。转头望向窗外的圆月,好似能把夜色驱赶走一般,明亮得不真实。有人在床边将她推醒,苏简妮揉着太阳穴,试图清醒过来。

——"我睡了多久?"苏简妮问道,她看见天竺的身形,然而眼前的天竺却没有五官。

冰冷的发音器一字一字地说:"你一直在王杏的幻境里。"

"啊——"苏简妮被吓得失声尖叫,下意识举起枕边的日记本朝无脸的天竺砸了过去,却在触碰到她的一瞬间被吸入,脸部的位置变成深不见底的黑色窟窿,把靠近她的一切都吞噬进去,包括整个身体。

再次惊醒,方才是梦魇吗?苏简妮浑身汗涔涔的,她颤抖着向床边摸了摸,没有人,这才敢把脸转到窗户一边——毫无征兆地,在深如监宝石的窗外,忽然张开了一只眼睛。她侧过头时,刚好撞进了那缓缓靠近的瞳孔。琥珀色的瞳孔,她认得出这独特的眼睛——天竺的眼睛。苏简妮把眼睛从窗口处移开,一只白岑岑的巨手伸进窗子一把捏住了她的整个身体,被吓到忘记了尖叫。

——为什么无论如何都醒不过来？

苏简妮被天竺惨白瘆人的手放到了王杳私搭乱建的小阁楼里。里面什么都没有，仅有一盏玻璃柜，罩住了一本不太陈旧的书册，苏简妮在言叶见过太多旧书的样子，它们的身体会像花豹毛皮一样斑点累累，眼前的这本不该归为这一类。围着玻璃柜上下左右细细搜寻了一遍，苏简妮并没有找到这本书册的名字，一时不知该怎样定义眼前这一本书册。

这才是一个梦结束时该有的样子——没有歇斯底里的尖叫，没有深不见底的黑暗，更没有王杳扰乱她的心绪，意识醒了，眼睛也随之睁开了。

苏简妮从恍惚中回过神来，这场带点诡异气氛的梦境和往常的梦魇不一样。

店门开着，三五个年轻的大学生走了进来，像是旅行中途来到这个城市的。年轻人的好奇心对陌生城市的犄角旮旯情有独钟，带着好奇和期待走进这个无人问津的巷子，他们在店里被天竺独特的容貌所吸引，以为她是一名专业的coser，便争相与她合影留念。

苏简妮兴致盎然地望着被那些年轻人包围的天竺，问王杳："天竺多少岁了？"她盯着王杳手中的活儿看个不停——他正在为一本旧书重新装帧。王杳不失为一个藏书家，或者在苏简妮的理解中，也是个书籍装帧师傅。

王杳抬眼朝那一小群游客粗粗望了一眼,答道:"不知道。我第一次见到她的时候,她是一个快要走到生命尽头的老妇人。"

对于王杳的回答,现在的苏简妮已经见怪不怪了,从她来到言叶,什么千奇百怪的事没见过。

"你是怎么认识她的?"苏简妮问。

"几百年前,有几个传教士来到我当时住的小镇上,在那里建了一座教堂。当时的百姓并没有'教堂'这个概念,便把它称作'天竺寺',把那些传教士叫作'天竺和尚'。"

"所以她叫'天竺'?"

"对。"王杳看了看正在同游客们照相的天竺,"那些传教士来到这里的时候就已经带着天竺了,可是当时并没有什么像现在这样的语言教材可以使用,两种截然不同的文化初次接触,必然是困难重重的。"

"他们为什么会找到你?"苏简妮知道王杳就是当年那个领天竺回来的画家,但她更好奇的是,在那样一种跨文化交流的情况下,他是怎么扫除语言上的障碍的。

王杳继续解答她的疑问:"我的书坊里最不缺的就是读书

识字的,沟通交流的方法很原始:先将汉字写到纸上,然后逐字解释其发音和含义。天竺那时候虽然行动不灵活,但她到我的书坊之后,会帮我研墨,处理些杂事。"

"后来呢? 那些传教士学会了吗?"

"当然没那么容易。数十年居住在这里,只能勉强学懂一些,以至于影响了他们的传教效果。"

"再后来呢?"

"再后来,有些传教士晚年回国,把天竺留在了这里,而且天竺自己也想留下。人类认知的局限性使他们根本没有留意到天竺的语言,那个年代国外才开始意识到人类语言的重要性,哪有精力研究其他非人类的语言? 天竺的语言只不过是一堆毫无意义的符号而已,她也不过是个哑巴一样的存在。"

"那你问过那些传教士天竺到底是什么吗?"

王杳并不急着立刻回答她,他侧过身子,用手慵懒地撑着脑袋,盯着天竺的脸望了好一会儿:"我的家人呐。"

"你说过,天竺每隔五十年会休眠一次,那么休眠期是多久?"

"不一样,睡眠的时间会越来越长,清醒的时间越来越短,每一次休眠的时间都会增加五年。"

"最近一次呢?"

"睡了四十五年。"

天竺竟然可以睡这么久?"可……可……"苏简妮忽然意识到一个小问题,脑中迅速计算了一番,"每隔五十年会休眠一次,每次休眠的时间都会越来越长,最近一次的休眠期为四十五年,那也就是说,天竺这次清醒的时间是五年?"不需要王杳回答,她自己很快给出了肯定的答案:"我来这里的这一年,是天竺醒着的第几年?"

这回她确实需要王杳的答案。

"第五年。"王杳把目光投向天竺,眼神里笼罩着淡淡的伤感。

2

窗外飘着晶莹透亮的雪片，书店内暗艳的绛紫色地毯压住了冰冷的感觉，苏简妮把目光从窗外移了回来。天竺的脑袋正枕在她的腿上，二人一同窝在沙发里。苏简妮打量着天竺的睡颜，她现在清醒的时候不多，大多是在沉睡，就算难得清醒，老板也是让她多走动走动。苏简妮安静地看着天竺，既感慨这个物种的奇异——逆向生长，又感慨这个小姑娘柔驯得出奇的性格。冬日里的夕照不怎么分明，等意识到黄昏已去时，天际早已被洇染成了深灰色。不知具体过去了多久，苏简妮只知道已经过去了能够读完大半本书的时间，终于，她感觉到腿上的重量减轻了——天竺悠悠转醒，睁着懵懂的大眼睛与自己对望。

"你睡了很久。"苏简妮轻声说道,用手撩开天竺额前的碎发。

苏简妮扬了扬手里的书,问:"我刚才把这本书看了一大半,想听我和你分享这本书里的故事吗?"

"你会把我读到那本书里吗?"亮晶晶的眼睛眨了又眨。

被天竺寻不到前因后果的问题问住了,苏简妮愣了愣,半晌才反应过来:"当然不会,我也没这个力量。"

天竺点了点头,又换了一个更加舒服的倚靠的姿势,把身子陷进了捻金蝶花纹的靠垫里,意思是"开始分享吧"。

苏简妮的注意力还停留在上一个问题中,她想抽回思绪,却偏偏不受控制地想一探究竟,而且愈加好奇:"老板经常把你替换到书里去吗?"

"不经常,他会先征得我的同意。"天竺回答。

"那他会把你换到什么样的书里?"

"他暂时需要的东西,他会为我挑美好的书。"

"被替换到书中是什么感觉?"苏简妮进一步问。

"老板说是做梦的感觉。"

"做梦?"苏简妮有一瞬间的警觉。

"我不会做梦,你们会。"

"那从书里回到现实世界的时候呢? 又是什么感觉?"

"不好,周围都是黑色,所以老板总会先问我愿不愿意。"

苏简妮想说"这种事有谁会同意?",却一时被堵着喉头开不了口,当她的目光掠过天竺的肩头,通过阻隔夜色的玻璃窗与自己的影子对望时,一时间竟怔住了,脑中忽然涌出王杳曾说过的话。

"——最近应该好多了吧?"

然而自己根本没有提到过最近不再梦魇的事,他又怎么知道?

"——梦境都是虚幻的,你沉迷在梦里会很危险。"

可是自己根本没有说沦陷在最后一次的梦境里不肯出来,他又怎么会知道?

"——你就是你。""我说过不会把你当作陌璃的替代品。"

所以他才可以不掺杂个人情感地利用自己？

苏简妮打了一个寒战，耳边仿佛听见狂风骤雨，一阵紧着一阵，天昏地暗地压了下来，乱了头绪，耳朵嗡嗡作响，那些梦魇可能根本不是梦……

天竺呼唤的声音才把她从呆滞的状态中惊醒过来，她强迫自己冷静下来，继续刚才的话题：“你每隔五十年会休眠一次，每次的时间都会越来越长，那如果当你的休眠时间等于非休眠期呢？”

“我会离开。”

“‘离开’？什么意思？你要去哪里？去多久？”

天竺褪下了帽子，伸出触角放在苏简妮的额角。一种超脱的平静与释然传入苏简妮的神经中，她阖上双眼，感受着这种情绪，安然中还有些许留恋，以及一丝丝不易察觉的悲伤，只有全心全意接纳这些难以言喻的情感时才能感受到。苏简妮感觉到脸庞滑过一串冰凉，抬起手背揩了揩，自己不知何时竟流下了眼泪：“……再也醒不过来了吗？我……”

——猛然间如同电光火石，苏简妮想到问题出在哪里了：自己分明是借助植入脑中的新机制才获得学习新语言形式的能力，这就相当于一个成年人的身体里多出来一套全新的语言认知机能。可不管再怎么熟练地掌握和运用天竺的语言,始终有一些反复出现的符号是苏简妮无法翻译出的,可那时候她并没有留意。倒吸一口凉气,她恨自己这个不开窍的脑子,怎么没有早点发现这些疑点。留在她脑中的简短符号确实是"离开""远离"的意思,但是假设天竺语言里"离开"的符号其实不一定是汉语中的"离开"呢?王杳作为研究天竺语的第一人,想要怎么解释对应的词语和句子都可以。

苏简妮又猛然记起之前觉得别扭的地方:天竺同她用人类的语言交流时,她的词汇中有"好"与"不好"之分,但没有"坏"的词,她的词汇呈现出简单的二分法趋势,不仅如此,天竺所掌握的汉语词汇相当简略,好像被刻意削减压制一般,她的词汇里也没有"躲避"和"隐瞒"这类负面含义的词。苏简妮拿出纸笔写下一些数字,她大胆推测,如果天竺沉睡的时间延长至五十年,她所表达的"离开"有可能是"死亡"之意。

冷汗顿时就顺着她的额头流了下来,苏简妮这才意识到自己发现了一个跨越了四百多年的谎言:王杳简化了教给天竺的汉语,他把语言中的负面的、消极的词汇都去掉了,如此便削弱了她的表达能力,这就是为什么天竺无法准确地传达出"离开"是"死亡"的意思,而自己也无法理解准确意思了。简化和控制语言就是简化和控制思想,他用语言将天竺隔绝在了一个虚幻美好的乌托邦。两种截然不同的语言形式的接触所产生的陌生感使她彻底忽略了这个疑点。

——老板,你到底想保护她还是控制她?

天竺忽然拉过苏简妮的手,对她拼出了一句话:"他问过我,却没有问过你。"

苏简妮听了个大概,呆呆地重复着对方的解释:"问过我什么? ……嗯? ……"

"我困了……"天竺的双眼不知不觉迷蒙起来,似乎费了一番气力,才说出这几个字。

"你才醒来——"转眼看天竺,苏简妮这才意识到事态不对,她揽过天竺的肩头,唤道:"你怎么了? 天竺——"

天竺越发困倦,双眼微弱地一睁一阖。

苏简妮越来越难以接收到天竺传递给她的信息,天竺几乎已经没有力气支撑她头上的触角,从苏简妮的额角滑落下来。

"别睡,别睡……太突然了……"苏简妮喃喃出声,无法抑制的难过涌出心口,慌乱也随之而来,"天竺,你看我,快看着我,先别睡。"她拘紧天竺,束手无策,声音由缓转急:"老板! 老板! 你快来,天竺她要走了! 你快想想办法!"连唤了几声,她这才想起王杳此刻还在学校,情急之下,她叫出了他的名字:"王杳!!"

话音未落,王杳已经出现在了二人面前,他看了一眼,立即明白了眼下的状况。

"太困了吗?"王杳俯下身,握起天竺的手。

天竺轻轻点头,露出一个安心的浅笑,她从王杳的掌心抽出手指,在他的掌心写下几个字:谢谢你一直保护我。

太困了,太想睡了,天竺的眼皮沉重地合上了……

【12月30日】

　　天竺对于你,到底是怎样的存在?

　　终于我也成为灰色道德地带的沉默者,或者说,我成了你的帮凶。你把你的控制欲调制成一杯美酒,在我看来,这像是你为她下了一剂迷醉可口的毒药。我的罪恶是面对她毫不知情地饮下这杯酒,只能沉默。

　　你将她带在身边,亲自教她说我们的语言,不过是将她隔绝在一座孤岛上。

【苏简妮】

第八章

真相

1

从天竺陷入沉睡的那天开始,王杳几乎没怎么说话,一直憋闷在书房里。苏简妮不知该如何安慰,只能在一旁安静地候着。一个星期之后,她看到王杳站在院子里,像一个失落的灵魂从那栋沉寂的房子里飘出来一样。他的手里拿着一本书册,书册似曾相识的装帧令苏简妮陷入沉思,在哪里见过?但无论如何也想不起来……

"天竺离开的时候,谢谢你及时叫我回来。"看到苏简妮从屋里走来,王杳隔着一段距离对她说。

"我知道她对你很重要。"苏简妮舒了口气——他终于肯说话了。

王杳看了看她,沉默地把额头抵在交叉的十指上。

"说不定她还会醒来的,你也说不准,不是吗?"其实这个假设连苏简妮自己都难以信服,天竺和王杳是完全不同的,她的生命特征更接近于人类——会经历从新生到死亡的过程,所幸她在王杳的庇护下得以寿终正寝。苏简妮的目光不自觉地停留在王杳手里的书册上,拼命回忆却记不起来的焦虑与急躁令她的眼睛无法从那本书的封面上移开,应答的话也显得敷衍、心不在焉。她感到疑惑,越想越觉得不对。"等一下,"终于从怔忡中回过神,苏简妮指了指王杳手中的书册,"你打算把天竺送到那本书里去?"看着沉睡中的天竺一起一伏的胸口,她还有浅浅的呼吸。苏简妮没办法任由王杳把她送入一本虚幻的异世界里——天竺还活着。

"这是她答应我的最后一件事。"王杳眷恋地看了看沉睡中的天竺。

"她答应了你什么?"苏简妮试探着问道。

"替换一个人出来。"

"替换谁? 替换多久?"

苏简妮被他的三两句话搅得一头雾水,她以为王杳会像之前那样,用天竺替换个什么奇怪的坐骑出来,很快会再把她换回来。

　　土倄没有急着回答苏简妮一连串的问题。像是给天竺念睡前故事,他张开唇,一音一节从口中轻盈飘出。天竺的身体在他疲倦而轻柔的朗读声中渐渐幻化成剔透的光斑,被卷入捧着的写着文字的书中。

　　"老板,你这样对天竺真的合适吗?"苏简妮露出不满的神色——天竺陷入了休眠期,却依然要被老板拿来做替换的筹码。"老板,等到确定天竺不会醒来,再换也不迟啊——"

　　"没有生命的物体是没法进行替换的。"

　　"喂——这样太过分了吧?"不知是不是气愤所致,苏简妮浑身一颤,猛然记起,王杏手里的那本书,正是那晚她在梦境中见过的。那是天竺在沉睡前为她带来的一个危险的预告——锁在阁楼里的秘密。

　　苏简妮的愤怒使她握紧拳头,尝试着最后的阻拦:"你用削减过的语言把天竺糊里糊涂地禁锢了一辈子,现在连她最后的一点价值都要利用!"

　　"对于你们而言,我们本来就是不存在的。"王杏冷静到用没有任何感情的语气划清了他们之间的界限,"那么你告诉我,天竺这种未知的物种怎么可能会被人类社会接受? 就算她能被这个世界接受,那她又该怎么生存呢?像个正常人一样读书、工作、结婚、生子?那之后呢?这个世界的诱惑力对她来说太大了,她不属于人类社会,终究是没办法融入的。"

"你口口声声说要保护她,为什么现在又要用她达成你的目的?这本书里到底有什么东西?能比陪伴你四百多年的天竺更重要?"

言语的混战升级为肢体的冲突,苏简妮以破釜沉舟的架势用自己的身体撞向王杳。王杳始料未及,被突如其来的冲力撞得往后跌了几步,找回重心的时刻,手中忽然一空,一直紧攥着的书册被她抢夺过去。

翻看那本书册,惊怖的表情凝固在苏简妮的脸上。书册里的文字封存了一段浪漫却残酷的往事,令人不忍言明——他的陌璃是凡人,为了让她长命百岁,容颜永驻,他不惜铤而走险,为她亲手写下了一本书。在那本书里,他为她编织了一个至纯至美的幻境,然后将花季之年的陌璃封印在了书中。

苏简妮倏忽间怔住了,她的脑中一遍遍回荡着天竺曾说过的一句话:"他问过我,却没有问过你。"当一条条线索逐渐串联起来,织成浪漫而残酷的真相时,所有被掩盖的目的昭然若揭——一次又一次的梦魇哪里是什么前世今生的浪漫预兆?反复的梦魇其实是身体和意识在脱离书中世界时产生的应激反应。

原来不只是天竺,连自己都变成了他的工具。这就是为什么她的老板愿意开出丰厚的薪酬,这就是为什么她的老板总是对她无条件的包容,这就是为什么她的老板总对她说"你就是你,不是陌璃"。

答案已然呼之欲出——从一开始来到言叶,她就扮演着替死鬼的角色。王杳反复把她读进那本书册里,为的是让她找寻陌璃的踪迹。可是不管替换多少次,苏简妮始终无法将他想见的人替换出来——否则自己也不会在这里了。

"你换不出陌璃的。"苏简妮冷冰冰地断言道。

话音未落,下一刻,那本书册竟自己翻动了起来,飞溅开的细小晶片从书页之间散发出来,依稀可见细小的光斑。苏简妮屏住呼吸,只听到纸页翻动的声音。那些光斑的数量越积越多,渐渐汇成一具躯体。

等光芒渐隐,苏简妮看清了从书里出来的人,天竺回来了,但依然沉睡着,静静地躺在她刚才躺着的地方。

这回轮到王杳怔住了。

苏简妮不由得哑然一笑:"我在那些文字里经历过的事,应该都是你写给陌璃的吧?可你未曾想过,在文字的幻境里,本来应是你和陌璃共度的时光,怎么变成了我和你?"令人难以接受的现实总需要有人揭开,虽然万箭穿心,却胜过自欺欺人,她说："陌璃是个肉体凡胎，哪怕是在你为她创造出的文字世界……她也已经不在了。"

"你在幻境看到了什么?"王杳神情黯淡地问。

"她一直是一个人……孤独地生活了一辈子。"

"可那里有'我'一直陪在她身边，她怎么可能是一个人?"

"我进入了幻境，所以我看到了，我感受到了。那里面的'你'根本就是幻影，我触碰不到你，只能眼睁睁地看着，自始至终都是我一个人。陌璃被你困在幻境里的时候，她还活着啊!"苏简妮的心忽然揪得死紧，"你怎么忍心……忍心把一个活人封印在那样一个虚无缥缈的地方，就为了留住她的青春容貌?你凭什么替她做主?!"

"我葬送了她……"王杳颓然跌坐在长椅上，凄楚地盯住自己的双手，连声音都有些颤抖，"亲手……葬送了她……"

虽然王杳没有像苏简妮想象的那样，会痛哭流涕，懊悔不已，为一己私欲而捶胸顿足，可是他现在的反应在她看来依然是虚情假意罢了。她一言不发地听着，只是还有一处疑问在心里。厌恶，想问个彻底，却害怕得到更血腥的真相。

可命运的轮盘一旦转动，就再也无法停止。

苏简妮深深吸了口气，以尽量平静的心态接受这场荒唐的闹剧："为什么这几百年里，你一次都没有把陌璃替换出来过？就连她不在了，你也毫无察觉？"

——呵，到头来，自己不过是个试验品，一个替代品，他深情的眼神也从不是看向自己的。

"这是陌璃自己的要求，我没有逼迫她。"王杳收敛了复杂的情绪，压抑住悲伤，以尽可能快的速度接受这个迟到了五百多年的事实。

苏简妮盯着王杳的眼睛，出乎意料的答案令她一时想不出其他的话来。

"虽然几百年过去了，可我都记得。陌璃她……无论如何都无法接受我看到她衰老的样子，她说她想把最美的样子留在我的记忆里。我尊重她的意思，这就是为什么几百年来我从未开启过那本书，既然我为她创造了她想要的幻境，就得守护她的安宁。"

纷繁的谜团被一层层剥离，就在刚才，苏简妮以为看到了真相，其实不过是错综复杂的一环。五百多年的沧海桑田，她的老板擅长用语言操控他人的命运，可一直被属于自己的宿命操控着。

"我……"苏简妮半张着口，怔怔地看着他懊悔苦痛的样子,一动也动不了。好容易想到了一句不合时宜的安慰的话,正要说出,却被王杏抢先了一步,他把额头抵在合拢的指尖上,略显疲倦地说:"直到你出现在这里,你有和她一模一样的面孔。和你在一起的时候,我反复告诫自己,你不是陌璃,陌璃她正活在我为她创造的幻境里。你在这里的时间越久,我就愈加想知道她过得怎么样,是否如她期望的那样幸福、平静。"释然与歉疚的情绪掺揉着出现在王杏的脸上,他苦笑了一下,长长叹了口气:"对不起,我感情用事,把你也牵连进来了,总是让你陷入梦魇。"

心下一片茫然。

半晌,苏简妮才反应过来,难道是自己意气用事,随意揣测,误会了老板?

"好吧,既、既然你这么有诚意地道歉了,我也就不计较了。"实在不忍心再折磨这对已经被命运蹂躏了五百多年的苦命鸳鸯,她把问题引回到自己身上,"如果我没记错的话,距离上次你把我读进书里已经过去很久了,为什么你不想再尝试把陌璃换出来了?"

"我没想到你最后一次竟然不愿从书里出来,如果本体不愿意出来是一件很危险的事。"王杏抬眼看了看她。

"所以你担心我出事?"明明不是什么哄人的话,却令她的心情从阴雨转为多云,"好吧,算你还有点良心。"

"你愿意继续留下来吗？留在我身边。"王杏郑重地询问。

苏简妮坐了下来，坐在王杏的身边，她扶着王杏的肩头，既是安慰他，也是要认真地回应他的请求——她摇了摇头。

"为什么？你还在生气？"

"我不想再逃避我害怕的事情了。"

王杏知道苏简妮内心的恐惧，这是她来到言叶的原因——孤独。她曾把驱赶孤独的方式寄托在花天酒地的麻痹与享受中，这种毫无目标的生活必然伴随着接连不断的空虚。

王杏得到她的答案之后，沉默了片刻，再次确认道："你想清楚了？"

"嗯，想清楚了。我想我现在已经可以和孤独和平相处了，我会尝试着接纳它成为我生活的一部分。我也知道我接下来要做什么了。"

正如苏简妮预料的一样，王杏平静地接受她的答案："好，我尊重你的意思。"说完，他竟然有了一些离别伤感的情绪："那么，离开这里之后，你还是打算回学校？"

"嗯，我想重回学校继续读书，读硕士。"苏简妮浅笑着点头,既认真又玩笑似的说,"我想离你更近一点。"

王杳情不自禁抚上她的头顶,轻轻揉乱她的发丝,不舍地笑着摇头:"小丫头真是倔强到难以控制呐……"

苏简妮笑得更灿烂了,笑着笑着居然流出了眼泪,她慢慢将王杳的手从头上拉了下来。放下来之后,并未打算松开他的手,就这么轻轻地握着。

——能遇见你真好。

2

两年后。

苏简妮刚在导师的办公室结束一天的学术任务,从校门口走出来,她远远看见一个熟悉的身影。

"啊——是小白狐！好久不见了！"

如果不是曾经见过白瑾的真身,苏简妮一定会认为那只是个普通的姑娘,现在她已经没有辨识她真身的能力了。

"好久不见。"白瑾伸手拥抱了一下苏简妮。

"看见你和我一样是个普通人，一下子有些不习惯了。"苏简妮也拥抱了白瑾。

"你看不见我的原形了？"白瑾诧异。

"看不见了。老板店里的东西本来就不属于我，离开言叶的时候把它还了回去，天竺的语言只残存了一点在我的脑海中。"

"原来如此啊……"小白狐的语气里虽然有些遗憾，但并不影响她对苏简妮的好奇——这两年她都在忙些什么？"听王杏说你离开言叶之后就去读书了，你现在在研究什么？"

"语言学。"苏简妮露出自豪的笑容。

白瑾心领神会地笑了笑："怪不得，他都算好日子了。"语毕，她交给苏简妮一本包裹得严严实实的书册，看不见封皮："恭喜，下周就是你的毕业典礼了。"

"这是什么？"苏简妮欣喜于收到朋友的祝福。

"王杏送给你的，毕业礼物。"

"老板？"苏简妮纳闷着接过书，笑着问，"他现在怎么样了？"

"一个人,守着那家破书店。"

苏简妮撕开包在书上的牛皮纸,精致的装帧使她见过一次就再也没有忘记——是锁在四楼的那本无名书。

"这是……阁楼里的那本书?"苏简妮读着书里的内容,"可是,里面的内容和我之前读到的不一样。"

有关陌璃的一切文字全都不见了,现在书册里的文字记录着苏简妮来到言叶之后发生的事情。

"纸张只不过是载体,那些文字是自由的。王杳他消去了关于记载陌璃的所有文字。"白瑾顿了顿,继续说,"不管是谁,都是要顺着时间的方向继续朝前走的,不是吗?"

苏简妮抬腕看表,已经是下午五点半了,在曲里拐弯的麻雀巷穿梭了好几个来回,她才意识到再也找不到123号了。暮色沉沉,她略显焦急地翻开王杳送她的那本书,匆匆翻过几页,希望能从中找到什么线索,当翻到最后几页时,她发现纸页上的铅字在某一页突然中断,留下了几页空白……

苏简妮再次阖上这本书,原本没有书名的封面上渐渐浮现出两个字——言叶。

(完)